Dangerous

デンジャラス

危險

桐野夏生

詹慕如 譯

目次

日本媒體與讀者一致好評

在史實和虛構交會之際，真實地貼近讀者的心，只能說是傑作。希望桐野夏生繼續以新時代文學大師的身份馳騁於文壇。

——《書的雜誌》

從桐野夏生編織的故事世界中，我們看見人間的業力與欲望。

——千葉俊二／早稻田大學教授

《危險》從不同角度解讀，會產生完全不同的閱讀感受。敘述者重子將不同世代女性的愛與驕傲、衰老與青春，以及新舊時代的交替進行對比。我認為這是一部非常吸引人的作品。

——代官山蔦屋書店文學部店員

桐野夏生善於用細工筆刻畫人性的惡意。……這部作品講述了谷崎的創作源泉，描繪受他的才華和個性擺布的女性，以及她們之間的緊張關係。複雜的繆思女神，與文學大師谷崎的巨大自我交會，形成這部魅力十足的作品。

——Amazon 讀者 Serendipity

谷崎儘管已經被公認為文壇大家，還是持續尋找新的領域。同樣的，以桐野夏生暢銷作家的地位，若一直寫類似的東西，想必會比較好賣。如此看來，同樣敢於挑戰的桐野夏生也是真正的作家。

——日本 Bookmeter 網站讀者ヴェネツィア

谷崎的生活被眾多女性包圍，也被女性崇拜到了極點，但是最後被女性擺布的，反倒是是谷崎自己。這本書的結局特別有趣！讓我有機會理解不同時代女性價值觀的差異，比起谷崎的小說，我更喜歡這部作品。

——日本 Bookmeter 網站讀者マク

第一章　妻妹

1

妻妹女媳環簇　潺湲亭　團圓夜

這是姊夫在昭和二十六年吟的歌。我的姊夫就是谷崎潤一郎。

有人說這首歌充分表達出谷崎在最愛女性包圍下充實的私生活樣貌。

的確，一家團圓吃晚餐時，姊夫總是心情大好。

吟這首歌時，正逢戰時遭禁的《細雪》大受歡迎，還獲頒文化勳章，同時也是谷崎潤一郎開始享有「文豪」稱號的時期。

字裡行間都透露了他迎接人生黃金巔峰的自信和喜悅。

「妻」，不消說，自然是姊夫的第三任妻子松子，「妻妹」則是指我，跟松子年齡最相近的妹妹重子。

這時候我跟丈夫田邊弘死別，和姊夫家人一起生活。

寄人籬下的我盡量不張揚，同時也把差使女傭當成自己分內工作，希望能幫上姊姊他們夫妻一點忙。

家中餐桌上，當然是由姊夫鎮坐中間主位，姊姊坐在姊夫左邊，我則安靜坐在姊姊左邊。

「女」指的並非姊夫的親生女兒藍子小姐，而是松子跟前夫小津清之介生下的美惠子。美惠子總是坐在姊夫右邊。

「媳」指的是松子跟小津清之介的兒子清一娶的媳婦，名叫千萬子。

千萬子是日本畫家本橋壽雪的孫女、京都山伏醫院的千金。她跟美惠子差一歲，今年二十一歲，同志社大學留級，嫁進田邊家。

既然是媳婦，當然得入席末座，不過姊夫對年輕的千萬子很感興趣，大家都看得出他的另眼關照。

谷崎和松子夫妻、美惠子、清一與千萬子夫妻，再加上我跟女傭們，這一群人住在鄰接包圍著下鴨神社的糺之森、被稱為「後潺湲亭」的宅邸中。

您問田邊家是何許人家？這就說來話長了。

田邊是我夫家，但丈夫田邊弘已在昭和二十四年病死。姊夫同情我這個寡婦，收容我住下。

原本我跟松子姊姊在手足中就特別親，儘管她已經結婚，在京都時還是幾乎天天往來。再加上田邊始終沒有固定工作，工作上經常受姊夫關照，我才三天兩頭就來露臉。

問題是我們夫妻倆沒有子嗣。田邊死後後繼無人，所以領養了清一。

清一其實是松子的兒子，但姊夫告訴松子「我不要男孩」，所以學生時代有段時期是由我們夫妻在照顧清一。因為這層關係，清一和千萬子也算順利成章地進了田邊家。

對千萬子來說，原本的婆婆是清一的親生母親松子，但因為她嫁進的是田邊家，所以我這個阿姨重子成了她的「婆婆」。千萬子習慣叫我「媽媽」，叫姊姊「姨母」、叫姊夫「姨丈」。

美惠子是姊夫的女兒，因為她在昭和二十二年入籍成為家中次女。松子跟姊夫之間沒有孩子，讓美惠子入籍後，終於鬆了一口氣。

姊夫不接納男孩清一，卻讓總有一天要嫁出去的女孩美惠子入籍。由此也可看出姊夫對家族的想法。

姊夫很喜歡重整、建構家族。他也習慣身邊只圍繞著自己喜愛的女性（而且還是沒有血緣關係的人）。

儘管是女性，假如他不中意，就會悄悄排除。姊夫的第一任妻子千代夫人就跟長女藍子小姐一併讓給了作家佐藤春夫。這就是世間素知的「讓妻事件」。第二任妻子丁未子也被趕了出去。當時的姊夫實在相當冷酷又強勢。

清一成了我們夫妻的養子，雖然同樣是谷崎家族成員，但是姊夫將他巧妙地排除於自己的直系之外。

對於不需要的、礙眼的人，姊夫想出了這套處理方法，但是對於成為家族一員的人，他則溫柔體貼，也毫不吝惜幫助陷入窮困的人。

姊夫也對我們姊妹感興趣，相當愛護、照顧我們。唯有么妹信子不受姊夫青睞。因為信子是個獨立的職業婦女，性觀念也很開放，是個不需要男人庇護的新女性。好惡分明，也是姊夫的特質之一。

寫下〈妻妹〉這首歌的兩年後，昭和二十八年，千萬子生下清一的孩子。這女孩的誕生讓姊夫很開心，親自命名為乃悠璃，比親生孫兒還要疼愛。

妻子、妻妹，和妻子的女兒。我們集結三人的力量，扶持著姊夫這位家中絕對的權威。在這當中，又新加入了兩個成員。那就是帶來現代氣息的年輕媳婦和可愛的嬰兒。另外還有幾位操持谷崎家的家事、服侍姊夫的女傭。

昭和二十年代後半，這個以姊夫為頂點的理想家族王國終於打造完成。這個家族王國同時也是支撐姊夫創作的妖豔念想之寶庫。

奠定姊夫今日名聲的《細雪》這部小說，靈感來源正是我們四姊妹。其中以我為角色藍本的三女雪子，在下卷中有這樣的描寫：

一起搭省線電車到大阪的貞之助，直盯著坐在對面的雪子，彷彿現在才發現般在幸子耳邊嘆道：「真年輕哪。」確實，誰看得出這女人今年犯太歲、已經年屆三十三呢？她面容纖細，五官寡淡，不過化了濃妝後登時輪廓鮮明，她在單衣跟羅衣之間穿了件袖長兩尺多、交織著金紗和喬其紗的夾衣，深紫色底上有大塊籠紋，上面處處點綴著胡枝子、瞿麥，反白的波浪圖案，在她的衣服裡，這件也特別符合她的個性。

寫得一點不錯，我的長相確實不起眼，卻偏好招搖吸睛的服裝款式。

書中的雪子是不太表露真心、個性低調內斂的三女，與四女妙子的戰後新風格恰成對比。不過姊夫早已看穿，其實我內心剛強堅毅，也利用服裝來不經意地表現自己。

書中描寫我的篇幅最為仔細，但對我來說，姊夫能看穿我的本質，更讓人難掩喜悅。

據說姊夫開始跟姊姊松子交往時，從松子身上得到靈感，寫下了《盲目物語》和《春琴抄》，而這次他以我為主角寫了《細雪》。若說是我們姊妹刺激了姊夫的藝術感性也不為過。姊夫之所以如此悉心愛護我們，都有他的理由。

昭和二十二年，《細雪》下卷發表在《婦人公論》上，馬上大獲好評。隔年出版的書也十分暢銷，甚至還有人來提議翻拍成電影。

讀者將我視為雪子而感動，但同時也將妹妹信子視為素行不良的妙子，很多人都不以為然。

另外，文中以御牧實之名出場、跟雪子結婚的男人，再怎麼想應該都是我的丈夫，田邊弘。

田邊是作州津山藩藩主之子，松平康民的第三個兒子，家中子爵爵位由兄長康秋繼承。戰時我們疏散到津山，該市的戶籍課長還因為藩主大人的子孫到來，特地來致意。

不過由於田邊興趣廣泛、多才多藝，始終沒有定性，過著沒固定工作的生活。這也是他到四十三歲遲遲未娶的原因。

田邊沒有固定工作仍然能夠維生，當然是憑藉著家中資產，他不是個有本事賺取穩定收入來維持家計的人，找工作時也都多虧了姊夫處處費心。

田邊在姊夫面前向來抬不起頭，心懷感激，但是當他讀了姊夫寄來的《細雪》之後，不悅地皺起臉。

「怎麼把我寫成個沒用的男人？還有阿信也像個輕浮隨便的女人。書裡的奧畑指的是小津清之介吧？奧畑也被寫得一文不值。為什麼其他人都成了襯托重子和松子姊的配角呢？只有重子被描寫得特別有魅力。」

說著，他喝了一口純威士忌。

我們從晚餐時就喝了不少啤酒、白葡萄酒、威士忌，現在彼此都有些口齒不清，爭論了起來。

「我不是『雪子』。小說又不會直接描寫真實的狀況。」

「妳說什麼?這種道理我當然知道，少看不起我。不過那位先生應該無法靠想像力寫小說吧?每個角色都有實際存在的模特兒，他是觀察這些女人而寫的。同樣是作家，芥川龍之介就完全不一樣。芥川就是單憑想像力來寫的。」

「哪有這種事!姊夫是偉大的小說家!」

我不高興地反駁。聽到他說姊夫壞話讓我很生氣。

「不，他的想像力不夠。還有，這結局我也不滿意。為什麼決定要結婚的雪子沒治好下痢毛病呢?簡直像在預言跟御牧的婚姻不會幸福一樣。」

田邊加強語氣回話。我見丈夫眼中滿是怒意，不覺警戒了起來，往後退。

「姊姊說過，小說裡混雜了真實和虛構。」

「喔，那我的部分哪些是真實、哪些是虛構呢?」

「沒這回事。御牧實這個人物本來就是想像中的人物，根本不是在寫你啦。」

「不，再怎麼看都是我吧。而且還說，跟我的婚事不是最理想的?」

「那都是小說裡的事啊。」

看到我皺起眉，田邊故意挑釁我。

「重子一喝醉話就多了呢。在大家面前明明老實安靜得像隻綿羊。妳一定以為自己藏得很好吧？我可不一樣，妳騙不了我的。」

田邊笑著，將《細雪》丟到身後。

「你別這樣。」

我彎身想撿起書，背後突然吃了一拳。出乎意料的衝擊讓我像隻青蛙一樣狼狽地趴在地上。

我心裡暗自祈禱著，啊，田邊的醜態又出現了，別這樣、快消失吧。田邊酒品很差，喝到爛醉經常會動手打我或同住的清一。

「反正我不想聽你說姊夫壞話。」

「妳就這麼護著谷崎啊？該不會是跟他好上了吧？」

我忍不住憤然抬起頭。

「姊夫可是松子姊的丈夫！我真不懂，你怎麼會有這種下流念頭？」

田邊指著我撿起的書。

「他把妳寫得這麼仔細，總有些理由吧。」

「那都是你的小人之心！」

聽到我的怒吼，田邊丟出手上的威士忌杯，一陣響亮的玻璃碎裂聲。

「怎麼了嗎？」

女傭阿君驚訝地飛奔過來，看到她臉上的畏怯，我心想，千萬不能讓姊夫夫妻倆知道，姊夫的成功在我們夫妻之間掀起一波新的風暴，得封住阿君的嘴才行。

就在短短七個月後，田邊突然身體不適，被診斷得了胃癌，只剩半年性命。

雖然仗著姊夫的面子遍訪名醫，但是終究徒勞無功，田邊在昭和二十四年十月十五日過世。

隔月，姊夫獲頒文化勳章。

人世真實虛幻　交織為文　忝獲嘉許

這是姊夫領取文化勳章時寫的歌。雖然是「真實虛幻」，但就算是「虛幻」，也掌握了某些本質的部分，可能會傷害成為角色原型者的靈魂。假如不能承受，或許就不能接近小說家身邊。

當然，姊夫並沒有讓我們這個家族嘗到這滋味。因為姊夫從不言惡，我們才會是姊夫的家族成員。

或許我們就這樣一邊簇擁著、守護著姊夫，也一邊在姊夫筆下作品的世界中保護自己。

然而，姊夫打造的「王國」從內部開始漸漸瓦解，都是因為千萬子這個年輕女人加入的關係。

最早破壞這個平衡狀態的不是別人，就是姊夫自己。完成《細雪》之後，姊夫的藝術興趣逐漸遠離我們姊妹。

2

清一的妻子千萬子是個高傲倔強的女孩。

跟清一的婚事定下後，她來潺湲亭拜訪，當時說的第一句話是這樣的：

「這裡明明有這麼好的茶室卻放著不用，真是太可惜了。」

聽了之後松子姊跟我只能相視苦笑。

其實千萬子並不是第一次來潺湲亭。

幾年前，法國鋼琴家拉扎爾．拉理（Lazare Lévy）訪日，曾經在京都的日法會館演奏。當時拉理的弟子曾經拜託我們，「拉理夫人對茶很有興趣，能不能在美麗的潺湲亭茶室替夫人點茶呢？」。

「怎麼偏偏是茶呢？」

我記得松子姊一臉困惑仰望著姊夫。

我們姊妹從少女時期開始只顧著念書，並不精通茶道或花道。所以潺湲亭雖然有氣派的茶室，卻幾乎沒怎麼使用。

萬不得已，松子姊只好拜託熟識的山伏醫院院長夫人來點茶。院長夫人二話不說答應，帶著女兒前來。那位千金就是千萬子。

豪華美麗的和服非常適合年輕的千萬子。群青色底上拔染出白色和臙脂色的櫻花及紅葉，上面又繡了金絲。龍村的腰帶也很襯這套和服。

「真是美極了！」

我記得當時拉理夫人相當驚豔，還伸手去摸了摸那刺繡。千萬子大方地站著，明明沒人拜託，她卻逕自轉了一圈。

千萬子當時大概十九歲吧。雖稱不上美人，那對鳳眼和翹唇卻令人印象深刻，輪廓很有魅力。

也不知道她哪裡不開心，對我們連個禮貌性的微笑都沒有，我記得，當時大家不知不覺開始試圖取悅年輕的千萬子。

看到她母親山伏夫人忐忑的樣子，我幾乎要同情她有這麼一個任性的女兒。

聽說姊夫在茶席後也很感興趣地對松子姊說：「那女孩脾氣很差呢。」所以那時候我萬萬沒想到，這個女孩後來會嫁給清一。

松子姊的長男小津清一，跟我和田邊弘一起住在位於東京目黑祐天寺的新家。除了我們之外，家裡還有女傭阿君和一隻㹴犬。清一平時往返於家中與學校，他上日本大學理工學院。

清一也是悄悄被姊夫「排除」的人。讓他到東京好好念書這個名目對姊夫來說或許最為恰當。再說又住在我這個姨媽家，可以監視又能援助他。若即若離。儘管悄悄排除，也不斷然拋棄。這就是姊夫對待清一的方法。

我直到最後一刻都在猶豫跟田邊的婚事。與其說是因為對田邊為人的不安，或許更擔心被排除在姊夫和松子姊的圈子之外。另外還有一個從未對別人說過的理由，我暗自相信，姊夫的工作不能少了我的存在。

可是結婚這回事，不試一回是不會知道的。戰時我是那麼討厭田邊，希望能待在姊夫和松子姊身邊生活，等到我懂得男女之情，竟意外地萌生出憐愛心境。

田邊過世，剛好就是我開始有這種轉變的時期。而田邊之死讓我不得不再次成為姊夫王國的一員。

姊夫的家族王國。我真的回到了自己該去的地方了嗎？不，我已經發現，姊夫的王國永遠在變化。在那當中真有屬於我的歸屬嗎？假如沒有，我只能靜靜坐在松子姊身邊。因為我很孤獨，沒有人能依靠。當時的複雜心境，有機會再詳述。

話題再回到清一身上，清一繼承了他親生父親小津清之介的血液，也是個浪蕩子。他體格不錯，相當喜歡跳舞和滑雪等消遣，同時也玩得挺出色，還曾經在舞蹈大會上獲勝。

而我跟松子姊完全不知道，清一自從茶會之後經常出入山伏醫院。我們還悠哉地聊過，該找個老實姑娘讓清一成家了。

不過清一似乎每天都到山伏醫院去報到，邀千萬子去舞廳跳舞、出門兜風。千萬子看似是個嚴謹的千金小姐，其實是愛玩的現代女孩。於是兩人很快就論及婚嫁，千萬子還是學生就走入了婚姻。

清一和千萬子的婚事舉行出乎意料地快，這也是因為田邊過世後狀況急迫，得快點找到繼承人。

收清一為養子之前，我們也調查過田邊家的親戚中有沒有適合的人。因為阿弘身上流有德川家的血，而清一是我外甥，讓他成為田邊家養子，我總覺得對不住本家。

最後並沒有找到其他適合的男孩，便收了清一當養子。清一從小津清一改名為田邊清一。

我聽說山伏醫院那邊反對千萬子嫁給清一。

那是當然。考慮到繼承醫院，最好是讓千萬子跟年輕醫生結婚。

最後院長夫婦答應這樁婚事，我們身後「谷崎潤一郎」這個名字有著舉足輕重的影響。

對千萬子來說，嫁給谷崎的親戚，或許遠比走在既定軌道上的無聊親事更有吸引力吧。沒錯，她就是這種女孩。

總之，清一和千萬子就這樣開始跟我們一起在潺湲亭生活。姊夫也為此改建了別館。別館的改裝還有這麼一段故事。

這對新婚夫妻原本並沒有確定要住進潺湲亭。清一他們其實希望小倆口自己住在附近。聽說附近有空房出租，我跟松子姊也去看過。那裡原本是官員的房子。兩層樓房，有點老舊，日照也不太好，不過大小挺適合，我也推薦清一他們去看。

但是去看了房子之後，千萬子哭著說：「為什麼我得住這種地方？」

松子姊驚訝地問清一理由，原來千萬子覺得那個地方「一看就陰氣沉沉、讓人鬱悶」。

於是姊夫採取行動。姊夫把腦筋打到潺湲亭後方的別館，打算改裝那裡的浴室和廚房，讓新婚夫婦住進去。

姊夫總是想跟清一保持距離。因為清一跟松子姊的前夫小津清之介實在太像。但是他對千萬子很有興趣，所以可能想讓這對年輕夫妻住在自己目光所及之處。

可是就算能住進潺湲亭，千萬子看起來也一丁點都不覺得感激，始終一副「好歹比那附近的出租房子好些」的態度。

潺湲亭前面還要加上「後」這個字，這裡比南禪寺「前潺湲亭」要寬闊許多，總面積約六百坪。這座雅緻的房舍原本是蓋來當作商家的隱居之所。

位置鄰接下鴨神社境內，就在跨過穿越糺之森裡的瀨見小河處。環境之好自不在話下，但最美的還是那座庭院。

「潺湲」這兩個字形容的是水流的狀態，這裡也名符其實，汩汩湧水迴繞庭園，精心配置的樹木、跨在水池上的小橋，還有擺放的石頭，處處皆有美的蹤跡。

姊夫問我們感想，松子姊和我告訴他主屋房間過少等問題，以一個家來說使用上並不方便，不過對潺湲亭一見鐘情的姊夫並沒有聽進我們的意見。

姊夫本來就喜歡房子，是個搬家狂。一看到喜歡的房子就像找到喜歡的玩具一樣，馬上就想買下搬家。

姊夫同樣要我丈夫田邊弘去看了潺湲亭，給點意見，他大力鼓勵道：「請務必買下！」我丈夫擅長家具等木工，所以姊夫也很看重他的審美眼光。

如此講究的房子，可恨的是千萬子的態度始終如一，根本沒有被潺湲亭這種等級的地方打動。千萬子說，她小時候曾經住過祖父本橋壽雪翁的「冬花村莊」。

冬花村莊是借景大文字山、廣達三千坪的池泉回遊式庭園。確實，為了區區六百坪左右大小的美麗庭院開心不已的姊夫，格局或許遠遠不及壽雪翁。

千萬子的內心深植著身為本橋壽雪孫女的自尊心。從小就身處一流的事物當中，過去感受過的經驗造就了現在這個高傲的千萬子。

我對於千萬子這一面，也就是滿懷自信的樣子非常不以為然。

我們從小就被教導，在男人面前就算有自己的意見也不要馬上說出口，要先尊奉男人。然而千萬子明明是這家的媳婦，作風卻像個女王。

大概是感受到我的擔憂吧，也不知為什麼千萬子銳利的眼神並沒有朝向松子姊，而是投向總習慣躲在暗處的我。總之我跟千萬子就是不對盤。

不過，並不是說千萬子個性好戰。我想應該是她的自尊心和年輕，讓她對我們這種老派生活充滿批判。

比方說，美惠子和千萬子年齡相近，但千萬子卻一點也沒有跟對方融洽相處的意思。

一天，千萬子手上拿著一本小書，美惠子見了問道：

「千萬啊，妳在看什麼？」

「Mystery。」

美惠子偏頭問：

「Mystery是什麼？」

「國外的推理小說。」

「推理小說？像是什麼？」

千萬子笑著這麼回答美惠子，

「不如妳去問問姨丈啊。」

千萬子口中的姨丈就是指姊夫。這不遜的口吻彷彿自己跟姊夫這個作家可以平起平坐，也難怪谷崎的女兒美惠子會不高興。

然而，這樣的千萬子在姊夫眼中卻顯得很新鮮。我們最小的妹妹有自己明確的意見，是個能獨立開拓生存之道的新女性。可是不知為何，姊夫討厭么妹，卻喜歡有強烈自尊心的千萬子，覺得她「有意思」。

或許在姊夫看來，妹妹屬於我們四姊妹所在的古老世界，而千萬子則是帶進一股嶄新氣息的新世代。我覺得這種差別待遇實在很不公平。

住在別館的千萬子會來主屋用餐。一大清早目送清一出門後，就跟姊夫一起在主屋的起居室用早餐。

姊夫好像很期待這段時間。他會跟千萬子聊外國文學、聊滑雪，聽千萬子說她朋友的流言蜚語。這些對姊夫來說一定都是新的刺激。

但松子姊、美惠子，還有我對這些全然不知，此時還在和室睡覺。我們多半十點多起床，然後挑選和服、化妝，來到起居室通常是十一點左右。

這麼一來，有時候會剛好撞見來吃午餐的千萬子。

「現在該說『早安』嗎？」

我怎麼也忘不掉她臉上那不屑的表情。千萬子很看不起無所事事、只是懶散度日的姊姊跟我。

我們這個時代的良家夫人，向來都把家中雜事全交給女傭，自己則退居深閨，悠悠哉哉，什麼也不做。但千萬子不懂這些，只是用責難的眼光看著我們。

「這媳婦真是一點都不可愛。」

我暗自這麼想。

不過就算跟松子姊抱怨，她也只是一臉為難，什麼也不說。松子姊很懂得讓自自己看起來泰然自若，就算她內心擔憂，還是能笑臉迎人，波平浪靜，宛如天生就是演戲的料。她也從來不挑剔女傭，讓大家隨意行事；因此，對女傭們下瑣碎的命令、責罵她們也成了我的工作。

我也深深反省，應該要學習姊姊的演技，就算對千萬子不滿意，也努力盡量不要表露在臉上，可是漸漸地，我受不了跟她待在同一個屋裡。姊夫他們到熱海別墅去時，我沒受邀也硬跟了去。

3

姊夫是小說家，所以他看人的眼光跟凡人完全無法相比，更深刻、更嚴格。

例如我們的么妹信子，姊夫對她這個人有什麼樣的評價，只要讀過《細雪》就能清楚了解。

既然《細雪》裡都已經寫了，我也沒什麼好隱瞞，信子曾經跟小津清之介私奔。

小津清之介是大阪布料批發商小津商店的繼承人。說得好聽是「船場少爺」，其實就是個沒吃過苦的花花公子，腦子裡想什麼都一五一十都寫在臉上，有他天真的一面。從年輕時就玩慣了，待人不差，不過很容易被欲望牽著鼻子走。

最好的證據就是稻荷山的遊樂園、韌公園的土地，還有多間別墅，這零零總總「小津商店」資產，都毀在他手上。一切都要歸因於清之介的浪費和怠惰。

就一個丈夫來說，他也不及格。首先，他改不掉捻花惹草的毛病。聽說到處都有跟他好上的藝伎，跟信子私奔也是。不僅如此，聽說他在家裡跟松子姊一言不合，還會對她動手。田邊喝醉酒也會拿我跟清一出氣，粗暴地動手推打。但是姊夫從來不曾對松子姊動手，連大小聲都沒有過。

姊夫自稱是女性主義者。他打從心裡輕蔑在女人面前逞威風、對女人動手的男人。不過我聽說他跟第一任太太千代夫人吵得很厲害，他年輕時是怎麼樣我就不清楚了。

清之介跟信子分手後還繼續纏著松子姊，常有些惡質的騷擾。

一天大家一起出門看戲，場內傳來廣播聲：「小津松子夫人、小津松子夫人，小津清之介先生在等您。」松子姊聽了大怒。竟然如此公然侮辱已經離婚的另一半而不以為意，足見此人個性有多麼惡劣。

但再怎麼說，清之介總是清一和美惠子的親生父親。我們在孩子們面前盡量不說清之介的壞話。

會被這種男人欺騙一起私奔，由此可見信子有多麼天真。再怎麼樣清之介也曾是自己的姊夫，就算一時鬼迷心竅，這兩人還是深深傷害了松子，無怪姊夫會動怒。

《細雪》中有一段以我為模特兒的雪子貶低妹妹的發言。

「小妹是不是偏好低級的東西啊？」

小說中，聽了這段話後，姊姊幸子終於了解，平常內斂低調的雪子把話說得如此明白，看來她反對妹妹跟板倉婚事的心情遠比自己強烈。

姊夫會寫得如此露骨，不是因為信子喜歡上比自己階級低的男人，而是他質疑清之介這個人似乎太過低級。這強烈的不信任他沒有讓幸子說出口，而是藉著雪子之口來表達。

實際上我很多椿婚事最後無疾而終，都要歸咎於信子的壞風評，我對信子也無端有些不信任。信子是我可愛的妹妹，但也有我怎麼也無法原諒的地方。

姊妹的關係很不可思議。如果多達四人，其中很明顯會有合得來、合不來的人。

長女朝子姊跟我年紀相差懸殊，她有七個孩子，全副精神都放在照顧自己家人上。信子就如同各位看到的，是個以偏概全、凡事以自我為中心的人，道德上也有稍嫌低落之處。

我只喜歡大我四歲的松子姊，幾乎可以說把她當母親一樣戀慕。當然，松子的丈夫，姊夫對我來說，更是遠勝於父親的龐大存在。

由一件事可以推測，在姊夫看來，我們幾個姊妹的對象無論以男人標準、或者以一個人的標準來看，可能都很「低級」。

在《細雪》中除了朝子以外，可以說描寫的就是我們三姊妹，但是這部作品同時也證明，三姊妹的對象除了姊夫之外都屬於「低級」類別。

不消說，「奧畑的公子哥」寫的是小津清之介，么妹妙子把奧畑跟板倉兩人放在天平上算計，這裡的板倉是餐廳老闆。而雪子結婚的對象御牧實則是田邊。

我覺得看完《細雪》之後才終於懂得姊夫的真正想法。姊夫並不認同我的丈夫田邊弘。

田邊的優勢只有一個，那就是身為德川家齊曾孫的血統。而這並非靠田邊的努力所得來。這樣的人跟我結婚，度過了不到十年的短暫婚姻生活。

第一次見面時，田邊四十三歲。

我也好不到哪裡去，多不勝數的親事有些拒絕、有些被拒絕，轉眼就已經三十三歲了。當時三十三歲的未婚女性就是所謂的老處女，只能在家幫忙家務，過著沒有地位的日子，悲慘不堪。所以如果有人問我是不是一心急著想結婚，大概也只能點頭。

身為女人，我當然也不想在乎其他人眼光，管理一個家，多生幾個孩子。我跟千萬子不同，少女時代受的教育讓我不習慣在人前發表意見，不過我很擅長操持家務。

當時我還在寄居在東京長姊，也就是森田家本家。對了，姊姊朝子繼承了森田家，她的丈夫是入贅女婿。森田家有七個孩子，所以我這個礙事的人總是低著頭盡量不張揚。

再說，對於在京阪地方長大的我來說，這裡的文化大不相同。在沒有可靠的松子姊夫妻，也沒有好友的東京生活，實在寂寞辛苦極了。

跟松子姊還有姊夫一起，總是有許多有趣的事和不同季節的儀式：看戲、購物、賞花、採菇，日子過得很愉快。

就在這時，四十三歲的津山藩主之子正在找結婚對象的消息傳到耳邊。

為什麼四十三歲仍是未婚？一問之下才知道，對方的來歷驚人。

聽說此人在東京出生長大，畢業於貴族御用的學習院，還曾經就讀過東大的理科，但是因為喜愛繪畫而輟學前往巴黎，學了一陣子畫。聽說還學過法國料理，但是後來又膩了，改去美國，在州立大學學習工程。

美國的大學確實畢業了，但他並沒有回日本，除了美國各地之外，還遊歷南美和墨西哥，後來家裡金援斷了，為了生計他還做過廚師和服務生。

最後他放棄工程，先回頭習畫，學了木工之後回國。回到日本後，玩票性質地開始從事木工業，風評出奇地好，甚至開設了工廠，但是因為戰爭爆發，訂單少了許多……

這就是他精采的半生經歷。聽媒人的介紹，我隱約覺得田邊這個人不管做什麼似乎都沒定性，讓我有點不安。財產也是，學生時代拿了十幾萬圓，不也馬上揮霍殆盡了嗎？

跟這種人結婚，我要怎麼生活下去才好？

一如往常，我沒有明白說出自己的意見，但是對於跟田邊結婚後要面臨什麼樣的生活，我實在相當擔心。

不過相親的日子一天天接近。我打算先在看戲的觀眾席間遠遠觀察他。

松子姊和信子也特地為了這一天上京。看戲的前一天，媒人開口邀約，說是田邊先生到媒人下榻的飯店房間來玩，也邀我們大家一起過去。我跟田邊就在這意想不到的狀況下初次見到彼此。

我們幾個換上外出服來到飯店，替我們開門的正是田邊。

「哎呀，歡迎各位大駕光臨。你們好，我是田邊。」

田邊個子矮、身材微胖，頭髮也有些稀疏。他體格不錯，也不能說全無風采，但我總覺得哪裡怪，一時之間低垂著眼。

之所以覺得怪，是因為我感覺田邊好像勉強擠出臉部表情，很不自然。他以開朗的笑臉端詳我們幾個，然後誇張驚嘆，還有那雪白的齒列——

「各位小姐，來！請別客氣，先進來吧。」

那殷勤伸手招呼的樣子，好比電影裡會出現的管家。

關於奧畑這個人，姊夫在《細雪》中寫道，他會刻意放慢說話速度，表現自己的從容。我覺得田邊也有類似這樣的做作。不，田邊的那些態度應該不能說是做作，正確來講，就像在演戲。

但我確實也不斷告訴自己，可能是因為他跟我們初次見面，所以有點亢奮。年輕時多到連挑選都很困難的親事，這時期也完全沒了聲息，我非常希望給松子姊和姊夫一些好消息，讓他們安心。

另外，信子跟當時交往的男人將來有結婚打算，這件事也推了我一把。

如果信子要選一個比自己「低級」的對象，那我就要挑個貴族讓她看看。不，我並沒有輕貶信子對象的意思。這只是一種對信子的競爭心態。姊妹這種關係真的很麻煩。

那天夜裡，田邊命令飯店的服務生拿威士忌的角瓶。他招呼我們吃點心，自己則小口小口啜飲著純威士忌。

他愈喝話匣子愈開，開始跟我們聊起種種話題。比方說如果要住京都的話，最好住在嵯峨野或者南禪寺，還有到了美國才知道日本建築的精采，其中最偉大的就是桂離宮等等。

說著說著，起初感覺到的做作也消失了，我開始對他有好印象，覺得這個人挺開朗的。只不過，也有一些瞬間我覺得那份開朗好像只是醉後發酒瘋，最後的結論是，我依然不了解他。

「小重，妳覺得那個人怎麼樣？」

我們一到飯店房間松子姊就開口問。她似乎一路忍著想問的心情直到回房，一口氣問個不停，讓我忍不住笑了出來。

「我覺得他這個人挺有趣的啊。」

「早知道應該多問問他的經歷，這方面還得再多調查調查。如果小重跟田邊先生結婚，對方的哥哥康秋應該會買房子給你們？這算是結婚的最低條件吧。對方應該也會出一點生活費才對。」

松子姊開始擔心這些具體問題。當然，對當時的女人來說。結婚是一種維生的手段，能不能維持跟現在一樣水準的生活是相當重要的問題。

「他直到最後都說不出現在在做什麼工作，也太可疑了吧。」

信子一邊脫鞋一邊說。

松子姊和我平常幾乎都穿著和服度日，但信子也愛穿洋裝。她的腳踝又直又細，很適合穿裙子。

「一定沒在工作，妳看他什麼都沒說。」

我心情低落地回答。

「這些總會有辦法的，總之最重要的是小重妳的感覺。怎麼樣？妳老實告訴我。」

松子姊口中的「總會有辦法」指的是可以靠姊夫找到工作。光從這句話就可以知道，松子姊很想答應這樁親事。

我咬著唇，很想回應她，松子姊打量著低著頭的我說道。

「我不會催妳，別急，之後再告訴我妳的心意。如果不喜歡就別再見他，覺得再見一面也無妨的話，就告訴對方。怎麼？這樣可以嗎？」

姊姊囉唆個不停，我終於點了頭。

「太好了。我總算放心了。」松子姊臉上綻放的笑容讓我印象深刻。

4

田邊跟我的婚禮在昭和十六年四月二十九日，天長節那天舉辦。姊夫經常取笑我是「雨女」，只要是我興致勃勃想做什麼，那天經常會下雨，婚禮這天也不例外，是個靜靜下著雨的陰鬱日子。

我總覺得，這場雨暗示著我婚姻的結局，心情不由得沉重了起來。但松子姊和姊夫都很替我開心，我努力地想抹去心裡那一抹不安。

我的不安，在於田邊的為人。

決定結婚之後我們又見了幾次，可是只要我提到最在意的工作問題，田邊老是敷衍了事，從來不肯認真回答。漸漸地，我也開始懷疑，田邊或許根本不想工作。

結婚前他好像開了間家具工廠，有一搭沒一搭地接單製作，後來因為戰爭的影響工作減少，跟我結婚的時候可以說是停業的狀態。可是只要哭著說沒錢，去求哥哥康秋，他再怎麼不情願也會出手幫忙，所以後來就養成了這種習慣。再加上田邊告訴我的真實經歷，也給了我很大的衝擊。

原先聽說田邊就讀學習院中學，後來上了東大又輟學這段故事，結果別說東大了，他就連學習院中學都沒畢業。竟然還是因為素行不良被退學的。

「素行不良？你做了什麼？」

我怯生生地問，田邊強裝磊落笑著回答我。

「哪裡，也沒什麼。我生性調皮，在老師便當裡放蟲、對他丟雪球等等，所以才被退學。當然我成績也不好啦。」

聽到素行不良，本來擔心是抽菸喝酒玩女人，或者有什麼思想上的問題，聽了田邊的回答我頓時覺得虛脫。「生性調皮」到底是怎麼回事？這些惡作劇以中學生來說也實在太幼稚了。

父親康良心想，既然如此，那就讓他往或許還有點天分的繪畫方面發展，想辦法讓他從南畫大師學日本畫，但他也沒能持續。

到了國外，他一樣做什麼都不長久。不管在法國或者美國，恐怕沒有去過任何一間修習學問的學校，也沒學會任何技術。聽說他做過服務生和管家等下人的工作，想想也難怪。

話雖如此，已經三十三歲的我並沒有選擇的餘地。信子在我們結婚一個月前已經在生田神社舉行完婚禮，森田四姊妹中，不能只有我沒出嫁。換個角度說，這也確實是一門足以抵銷我晚婚的好親事。

結婚典禮在帝國飯店盛大地舉辦。典禮和蜜月旅行的費用都由田邊的哥哥康秋全額負擔。

我們在橫濱的新格蘭飯店住了一晚，接下來兩週陸續住宿京都飯店、奈良的月日亭、神戶的東方飯店等一流飯店。途中旅費不夠，還請康秋匯了錢來。

「真好，這麼豪華的蜜月。很開心吧？我們只能住在有馬溫泉，打打高爾夫呢。」

信子很羨慕我，但其實是田邊想用哥哥的錢豪遊四方，我只是被拉著走，並且非常想回到松子姊和姊夫身邊。

老實說，第一天晚上，發生了一件讓我錯愕不已的事。

洗完澡後，我坐在化妝台前，一邊梳頭髮，一邊不經意地回頭望向床鋪。這時我看到一個陌生的老人躺在我床上睡覺。

「啊！是誰！」

我嚇到手一鬆梳子差點掉下去，老人一骨碌抬頭，說了些什麼。我彷彿聽到他說「是我啊」幾個字，可是聲音模模糊糊，聽不太清楚在說什麼，我一把抓起床尾的睡袍想逃走。

「阿弘！有個奇怪的人！」

我一邊大叫一邊後退，尋找田邊的身影。這時，那個老人向我遞出某個東西。

「妳看，是這個啊，是這個啦。」

他手裡拿著假牙。我啞然無語，老人迅速將假牙塞進嘴裡。田邊出現了。拿掉假牙後，他的嘴吧變得較小，面相完全不同。所以我才會誤認為陌生老人。

「你戴假牙啊？」

「是啊。我從小就有環狀蛀牙，被人說這樣不好看，所以去美國之後裝了全口假牙。」

說著，他用舌頭抵出假牙。我尖聲慘叫不敢直視。

「妳看妳看。」

田邊覺得我的反應很有趣，接著用上下唇蓋住假牙、再次裝好。他就這樣裝裝卸卸好幾次，得意地對我說：

「妳沒發現我是全口假牙吧？」

我確實想過，他的牙齒格外雪白，齒列也很整齊漂亮。但我從來沒想像過自己的丈夫竟然是個裝全口假牙的人。

餘悸猶存的我勉強擠出一絲力氣問道：

「我一點也沒發現，第一次見面時，你為什麼不說呢？」

我的口氣可能有點不滿。

田邊發出格格怪聲笑了起來。他將假牙塞回嘴裡，對我咧嘴一笑，一副你開什麼玩笑的口氣說道：

「有假牙還得事先報告啊？開什麼玩笑。那妳就沒什麼需要報告的嗎？怎麼？女學校畢業成績第一名？是船場的千金小姐？開什麼玩笑。這些東西在美國一點用都沒有。在那邊小日本就是小日本。管你是子爵還是船場千金，都一樣是小日本。妳如果去了美國，也只能當人家女傭。」

田邊不知想到什麼，突然又笑了起來，他望向別處發出尖銳聲音，又從放在床邊的角瓶將威士忌倒進杯中，就這樣一口氣喝下。

此時我滿腔都是對田邊的厭惡。我怎麼會跟這樣的男人結了婚呢？眼淚幾乎要掉下來，儘管如此，我還是強忍著，一心只求能有個孩子。可是田邊只顧著喝酒，一點都沒有要碰我的意思。

田邊最愛的就是酒，其次是吃到飽脹，再來就是靠他最擅長的服務精神來取悅人、逗人開心。可是說到逗人開心，其實也不過如而已。他的話題一點內涵都沒有，不過就是個小丑。在一旁看著都替他尷尬。

新居如同松子姊所期望的，由康秋買給我們。房子位於距離祐天寺車站徒步約一百多公尺的安靜住宅區裡。這裡占地超過百坪，不過根據戰時的規定，建築只能蓋在三十坪以內，所以我們蓋了間小小的平房。

這個家裡住著我、田邊、外甥清一，還有女傭阿君，以及一隻名叫貝爾的㹴犬。

阿君個性可靠，是姊夫特地為了我們挑選的女孩，原本負責看管熱海別墅。她今年才二十歲，出身薩摩。說起話來沒有太重的口音，腦筋動得快，個性也開朗。

清一在日本大學念書，平常住家裡，還好有他在，我才能分散點注意力。我會這麼說，是因為田邊大概覺得我是個老實又無趣的女人，總是愛騷擾阿君。

廚房裡不時傳出的嬌聲和慘叫，讓我聽了很不是滋味。

「就算老爺捉弄妳，也不要叫這麼大聲。會讓左鄰右舍起疑的。」

我這麼責罵阿君，但是她一臉為難地低頭說道：

「對不起。可是老爺如果摸我屁股，我還是會嚇到叫出聲來啊。」

「他摸妳屁股？」

我聽了大驚，阿君點點頭。

「妳明白地告訴他，請別這樣。如果他還是不住手，就得告訴潤一郎姊夫，請他想想辦法。」

「這……」阿君顯得很難以啟齒，吞吞吐吐地說：「我說過一次。然後老爺突然拿下假牙，用手拿著假牙喀喀作響逼問我，什麼？妳剛剛說什麼，我嚇到蹲在地上。」

「他做這些事的時候喝醉了嗎？」

「是啊，多半都醉了。老爺喝醉了回來時我都很小心避開，但他會特地到女傭房間來，想打開紙門。」

「我也會說說他，妳別擔心。」

「不好意思啊，寮人太太。」

在我家，大家都從關西風俗叫我「寮人太太」。我本來也很嚮往聽人這麼叫我，不過這稱呼的背後實在太悲哀。

喝醉回來的田邊不但會下流地捉弄阿君，還會叫醒我跟清一，對我們發脾氣。也不知他到底哪裡不高興，經常會大罵「王八蛋！」「混蛋！」踢飛我的枕頭，還氣到跟清一扭打。我常常忍不住想，結婚真是件累人的事。

後來食物漸漸不容易取得，但田邊依然不顧我跟清一，想吃多少就吃多少。所以我常常一天只吃兩餐，碗裡盛著少量米飯。

我愈來愈瘦、田邊愈來愈胖。田邊根本沒發現自己能吃得這麼盡興，是因為其他人在忍耐。

大概是昭和十七年。遊手好閒的田邊讓姊夫看不下去，替他說項找了份工作。那是姊夫多年好友沼澤先生經營的「沼澤工業股份公司」。我猜這應該是間製作玻璃紙之類東西的公司吧。

本來是椿求之不得的好事，田邊卻抱怨連連。

「為什麼我得到與野那種鬼地方去？」

都已經四十四歲了還抱怨這種事。連我也受不了，說了他幾句。

「你不工作怎麼賺錢呢？現在已經不會有人再資助我們了。」

姊夫送了一筆錢來，說是當作清一的學費還有住宿費。但我們不能指望這筆錢過日子。老實說，這個家的生計可以說是成立在層層債務上。討債的人上門，我和阿君就得負責趕他們走，或者假裝不在家矇混過去。偏偏就在這時候，田邊老是外出不在家。

「為什麼我得去那種工廠工作？」

田邊明明在姊夫和沼澤先生面前低頭開心地道謝「真是太感謝了！實在幫了我大忙啊」。可是對我卻氣焰高漲地發脾氣。

「算我求你，去上班領薪水吧。我們已經沒有存款了。」

我再三拜託，他才終於出門去上班，但遲到也就算了，更過分的是擅自蹺班、無故早歸，給人家添了不少麻煩。

最後不到兩年就辭了工作。他自己在函館那裡找到一份新工作，聽說是船渠公司工廠的現場監工。這份工作到底要做些什麼，我完全不懂。不，我一點也不打算了解。因為我的忍耐已經到了極點。

「小重也會一起去函館吧？妳會去吧？」

田邊理所當然地邀我，但我堅持不點頭。

當時日本戰敗徵兆濃厚，敵機也大大方方在東京上空盤旋。正因為隨時都有可能發生大規模空襲，與其跟田邊命運與共，我更想待在熱海西山的松子姊和姊夫身邊。

直到出發前，田邊都還不斷邀我一起去，但我始終拒絕，終於，田邊一個人出發前往函館。當時是昭和十九年。

我回到熱海西山的家，松子姊打從心裡歡喜地迎接我。

「妳回來了！」

終於回來了，我止不住滿眶的淚水。我強烈地自覺到，自己是有著松子姊、姊夫，還有美惠子這個家的一員。

隔年昭和二十年，本土空襲愈來愈激烈，就連熱海也漸漸難取得食物。而且姊夫說，萬一美軍從相模灣上陸，熱海反而最危險，於是我們疏散到跟田邊家有淵源的岡山縣津山去。

不過田邊自小在東京出生長大，雖說津山有親戚，關係也並不親近。

我們在四月決定疏散到津山，在這一個月之前，田邊突然跟哥哥康秋一起來訪，說是要來接我回去。

「我們去函館吧。拜託，妳跟我一起去吧。我知道過去可能對妳不好，但我現在終於懂了，妳是我唯一重要的人。我一個人住在函館實在太寂寞了，妳就跟我一起去吧，求求妳了。」

田邊流著淚拜託我。我實在太驚訝，一時十分茫然，但我心意堅決，實在不想跟田邊一起生活。

不過這次田邊也遲遲不肯退讓。

「拜託妳，跟我一起去吧。妻子沒跟我一起去，我面子多掛不住啊。」

「是在哥哥面前沒面子吧。」

連田邊的哥哥康秋都一起來接我，我心裡對康秋實在很過意不去。

「不，不是這樣的。」田邊不耐地打斷我，「也不知道是誰說的。現在那邊傳了很多關於我的小道消息，說我是流有德川家血液的後代。所以大家都很想看看，德川家的夫人是什麼樣的女人。如果我一個人去，一定會被人說閒話，說我太太不想去北海道那種偏僻地方。身為現場監工，這樣我怎麼在大家面前樹立威嚴？妳要是願意來就太好了。」

「反正你身邊也不缺女人吧。」

我低聲回嘴。

田邊身邊經常有好幾個交往的女人。我一直深信，對這種事吹鬍瞪眼有失自己身分，所以總是逞強假裝不知道。

但我的忍耐也是有限度的。田邊這個人，喜歡的東西不顧其他人，愛吃多少就吃多少，喝酒也總連別人的酒都喝掉才開心，姊夫特地介紹的工作沒多久就放棄，甚至只靠哥哥的援助和借錢來維持生活費。

但是，這樣的他卻愛在年輕女人面前擺闊，送禮、請客，我也曾經暗在心裡厭惡這個愛取悅女人的丈夫。

而且田邊還特別容易心軟。不，應該說他是爛好人。他常常被其他人編的謊話欺騙，真是天真。

光是我知道的，就有對他哭訴必須為得了不治之症的母親賺錢的女服務生，還有自稱遇到詐欺，養老金全被騙光的老藝妓。任誰聽了都會覺得漏洞百出的謊言，他老是輕易地誇下海口「包在我身上」，最後把手上的錢都乖乖送出去。

甚至連野狗野貓野孩子，只要看了可憐，他什麼都要撿回來。其實人人看到可憐的東西都會心生憐憫、想出手幫忙。但之所以沒有這麼做，是因為知道這一插手就沒完沒了。

可是田邊還是撿個不停。說得好聽，就像個純真的孩子一樣。可是幫助野貓野狗這種行為，乍看之下或許和善仁慈，在我看來，只是沉浸在自己幫助可憐生物、做了善事的自我滿足當中而已。

田邊這幼稚的一面讓我看不下去。他為什麼看不透所謂的真理呢？我想也是因為這樣，這個人才無法面對嚴酷的工作吧。

雖然沒說出心裡的不滿，但我想姊夫和松子姊跟我的感覺也一樣。松子姊一見到田邊總是笑著說：「你可要永遠當個淘氣的老大爺啊。」背地裡卻皺著眉頭替我擔心，「小重的丈夫這次又幹了什麼好事？」

姊姊說這些話不是出於壞心眼。我們長年待在谷崎潤一郎這位小說家身邊，活在他龐大的情感漩渦和雄偉思考當中。所以司空見慣的故事或者謊言，我們一眼就能看穿。

我總是會拿田邊跟姊夫相比。谷崎潤一郎的人格、能力，無論哪一項，田邊都比不上。他唯一足以匹敵的，只有身為貴族的血統。

我想大概也是因為這樣，田邊心情一糟就會遷怒到我跟清一身上。追根究底，都是出於嫉妒，因為他怎麼也無法進入姊夫、松子姊跟我之間精神上的連結中。

面對空襲，不知明天自己還能不能活下來的狀況，我為什麼要跟這種幼稚的人命運與共？因此我始終堅拒函館之行。

5

「哈哈，重子是不是以為我在函館有女人？沒有啦，怎麼可能有。那邊的人叫本州『內地』。也就是說北海道是『外地』。兩邊的文化差異就是這麼大，那裡的人也很粗野。我最不喜歡那裡女人的粗魯。妳知道嗎？北海道的女人都會抽菸呢。而且還會像男人一樣叼在嘴上、一邊走路一邊抽，把菸蒂隨手丟在路邊。我怎麼可能看上這種女人？」

田邊一定打心裡不想一個人住在不熟悉的土地吧。在那裡沒有讓他盡情任性的我，也沒有事事替他打點妥貼的女傭阿君，更沒有喝了酒後可以動手發洩出氣的清一。看來他一定覺得相當寂寞。

「那你乾脆辭掉現場監工的工作，回到這裡不就成了？與野的沼澤工業你都嫌遠，函館豈不是更遠更辛苦？」

田邊的三分鐘熱度我很清楚，看準了他在函館橫豎也待不長久。

這時田邊不高興地鼓起臉頰。

「妳在說什麼？我怎麼能這麼做呢？聽說我月薪有三百圓，妳不是也很高興嗎？」

「當然高興啊，畢竟不能老是要你哥哥出手幫忙啊。」

田邊一沒錢，就會去找康秋哭訴，請他幫忙。有時還會找上姊夫。

身為他的妻子，他的厚顏不知讓我多難為情，也沒有臉面對康秋和姊夫，而田邊對於我的立場，可以說一點想像力都沒有。

缺乏想像力。這是姊夫最討厭的事。姊夫不喜歡田邊，這也是其中一個原因。

「我要跟姊夫他們一起住，不去函館。」

我明白地宣示後，田邊大聲問我。

「那我要怎麼跟大家說明我太太不來？」

「就說，因為這一路上太危險，怎麼樣？」

「妳還真是冷酷。我看妳根本沒有要跟我同生共死的覺悟吧。」

說得沒錯。看我沒說話，田邊似乎把本來想說的話硬吞了回去，皺起臉安靜了下來。

看來在他心裡正在產生某些化學反應。他總是這樣。只要聽到一句不中聽的話，田邊就會把一切都轉化為憤怒的情感。

果然，他開口這麼說。

「是谷崎不放妳走吧？我都知道。谷崎他不喜歡我。」

「谷崎？你怎麼可以直呼姊夫的姓呢？太沒禮貌了。是潤一郎姊夫吧。」

「妳不要轉移話題，我問是不是谷崎不放妳走。回答我。」

我沒說話。我害怕自己一開口，會不小心說出真話。

田邊突然來的時候，我正在看附近的老人挖筍。西山後山有片竹林，可以挖筍。不過看來幾乎都被挖完了，報紙上擺著三、四個沾了泥巴的小筍子。

姊夫在我身邊，揣著手看著。松子姊有點感冒徵兆，應該在家裡躺著休息。

「我們這樣在旁邊看，他應該會分一個給我們吧？」

姊夫低聲對我這麼說，我差點要笑出來。

「要不要我跟他說，我們有兩個人，給兩個吧。」

「沒想到小重還挺精明的。」

我們窸窸窣窣地說著悄悄話，老人發現了我們，行禮問候。

「是老師啊，要不要帶點回去？」

「謝謝，那我就拿個小的。」

說著，姊夫指向放在報紙上那顆小筍子。然後他眼睛骨碌一轉看著我，就像在催促我說：「快啊，小重妳也快說啊。」

我很難為情，安靜不說話。

「小姐也拿一個吧。」

老人遞過來兩顆較大的筍子。

「喔，拿了兩個呢。都是因為小重看起來年輕的關係。太棒了、太棒了。」

姊夫開心雀躍地說道。

「太好了，姊夫。今天可以加菜了。」

「家裡應該有海帶芽，讓他們弄個若竹煮吧。」

熱海這裡要買白米和魚都不算難，不過蔬菜和肉就不容易了。昭和二十年，戰況日益惡化，要準備食材愈來愈辛苦。

我雙手拿著筍走著，女傭領班阿初剛好來通知。

「田邊先生來了，松平先生也一起。」

姊夫驚訝地說：

「沒想到他這麼快就來。」

「應該是來接我回去的吧。」

我一邊將筍子交給阿初一邊低聲說，姊夫停下腳步，盯著我的臉。

「小重，妳怎麼想？妳想跟田邊先生一起去嗎？這畢竟是你們夫妻之間的事，我也不好插嘴，但我還是想聽聽妳的意見。」

我搖搖頭。

「姊夫，很抱歉，能不能讓我待在這裡？這場戰爭今後會怎麼樣誰也不知道。假如要死，我想跟姊夫和姊姊一起死。」

我差點要掉下眼淚。姊夫點點頭，憤然地說：

「我一聽到阿弘要把小重帶到函館去也很擔心，不知道妳在哪裡會過什麼樣的日子。要是遇到類似副傷寒的事件，我可不能坐視不管。」

副傷寒事件是指田邊和女傭阿君吃了生牡蠣後得了副傷寒的事。我剛好人在姊姊他們所住的魚崎，所以平安無事。

那是去年正月，當時田邊還在與野的沼澤工業工作。回家途中不知從哪裡買了牡蠣，跟阿君兩個人也沒洗乾淨就這樣生吃。

之後過了一個月，兩人都因為肚子不舒服，一會兒臥床、一會兒清醒，二月下旬才知道是得了副傷寒。後來田邊住進帝大醫院、阿君住進荏原醫院，都被隔離。

我一個人得跑兩邊醫院，相當辛苦。因為還在戰時，交通工具都很擁擠。在這樣的狀況下跑兩間醫院，做菜、帶去換洗衣物、回家後洗衣、替清一做飯。

之後再也沒有過那麼辛苦的經驗了。姊夫說，怎麼不請個看護，可是田邊沒有這種閒錢，一切都得我自己來。我手也粗了，更沒時間好好吃東西，瘦了不少。日子實在太辛苦，我每天都哭著去醫院。

姊夫看著這樣的我，對田邊平時對待我的態度感到很生氣。

「阿弘在副傷寒後辭掉沼澤工業的工作了吧？」姊夫的語氣裡充滿憤慨和無奈，「沼澤也是百般忍耐才雇用他。副傷寒之後休了整整兩個月，而且還照常給他薪水不是嗎？」

「真的非常抱歉。」

我向姊夫道歉。之前說明過，沼澤先生是姊夫自小的好友。一想到田邊還給姊夫那邊的朋友添麻煩，我就很過意不去。

「小重。」

姊夫突然叫住我，我在門前停住了腳步。

一進這個門，裡面就有急切等待我回去的田邊。姊夫特地叫住我，似乎知道我非常想拖延面對田邊的時間。

「什麼事？」

姊夫的大眼睛盯著我。

「小重，妳剛剛說過，如果要死，希望可以跟我們一起死，對吧？」

姊夫說到這裡停了下來。

「是，對不起，我多話了，但那都是我的真心話。」

我垂下眼，寄人籬下的我還說這種話，實在很過意不去。但姊夫卻接著這麼說：

「不，我很高興。」

抬起頭，只見姊夫看我的眼神炙熱濃烈。我不知該說些什麼，只能著了迷似地，回望姊夫的眼睛。

姊夫是否已經知道，我討厭田邊，想待在姊夫身邊？我張開口正要說話，姊夫卻打斷了連珠砲似地說：

「小重，妳就一直跟我在一起吧，一直到死。我喜歡妳。為了妳，我願意拋棄一切。」

說完，姊夫就這樣走向書房。目送他的背影，我忍不住別開眼。我告訴自己，不能再看下去。我就這樣在門前呆站了一會兒。

姊夫剛剛說了什麼？過了好一會兒，我才終於回過神來。

6

姊夫剛剛確實說了，他喜歡我。

他是在捉弄我嗎？

或者，那些謠傳都是真的？

我聽說過，姊夫這個人不會跟最喜歡的女人結婚，他會跟這女人的姊妹結婚，暗自戀慕心儀的女人。

不，姊夫只是受到現在正在寫的小說影響，才會脫口說出剛剛那些話。

姊夫每天面對的小說，《細雪》。

那是我們四姊妹的故事，聽說主角正是以我為原型。所以他才會這麼說。

我倚在門上，左思右想，反覆檢驗這三種可能。足見我心裡的動搖有多麼嚴重。

首先第一種，姊夫只是在戲弄我。

這個馬上冒出來的念頭，我馬上否定、覺得不可能。姊夫不是會把這種嚴肅的事拿來開玩笑的人。

跟松子姊結婚前，姊夫曾經結過兩次婚，他對於因為戀愛而傷害對方，或者受傷害這件事很敏感，向來相當小心。

特別是跟第一任太太千代夫人離婚，報紙上還寫成「讓妻事件」引起一波騷動，無論千代夫人或者女兒藍子小姐，想必都相當受傷。

千代夫人被外界誹謗為紅杏出牆的妻子，而這絕非姊夫所願。藍子小姐也因此從小林聖心女子學院退學。

儘管事情已經過去，但是我想姊夫內心一定對這件事的發展過意不去。

第二種的可能性也極小。

會輕聲耳語說「確實有過這種傳聞哪」的人，指的多半是千代夫人和聖子小姐姊妹。千代夫人家中有五姊妹，大姊是藝伎。喜歡大姊的姊夫，最後跟妹妹千代夫人結了婚。但是千代夫人個性太過居家，姊夫並不欣賞。

三妹聖子小姐個性奔放，是姊夫偏好的性格。後來他也以聖子小姐為原型，寫下《痴人之愛》這本小說。聽說當時聖子小姐還只有十六歲。

不過千代夫人和聖子小姐的事件只不過是年輕氣盛導致的失敗婚姻，我想現在的姊夫絕對不會只因為對方是心儀女人的姊妹這個理由而結婚。

姊夫不是這種人。姊夫跟松子姊真心彼此相愛、互相信賴。最好的證據就是，姊夫不管跟地位多高的人在一起，都一樣會表現出貼心照顧松子姊的態度。

比方說在餐廳，他會先把菜分到姊姊的盤子裡，總是第一個將食物放到姊姊面前，說道：「來，快吃吧。」接著才會拿自己的份。

至於其他人，他並不會動手幫忙，向來習慣由女性幫忙取菜的老爺們看了之後，想必都瞪大了眼睛覺得驚訝。

除了西方人，我從沒見過有誰對太太這麼體貼。仔細想想，或許隔壁住著德國人一家時，姊夫曾經暗中觀察過西方人的禮節。

這種時候松子姊往往也一臉淡定，覺得姊夫盡心替自己服務是理所當然，兩人在家裡地位對等，也經常吵架。姊夫的婚姻觀念很洋派，偏好個性強烈的女人。

這麼一來，第三種狀況「受到現在正在寫的小說影響，才會說出那些話」，看來是可能性最高的。

姊夫有時候會一頭栽進自己正在寫的小說世界裡，就好像著了迷般。這時候他彷彿真的被小說裡的女人給勾魂懾魄了一樣。

如此看來，我或許只是以《細雪》裡的雪子這個身分，受到身為作家的姊夫喜愛。但雪子並不是真正的我。姊夫把只存在於小說中的雪子，跟真實的我同化了。

說不定，是真實的我被小說裡的「雪子」同化了。假如我可以同時活在現實和小說這兩個世界當中，該有多麼神奇。我陶然沉醉在這個突來的想法當中。

我很羨慕能永遠住在姊夫小說裡的松子姊。我也想像松子姊那樣，住在姊夫的小說裡。我多希望可以自在來回於現實和小說世界之間。

松子姊永遠是片中的女主角。松子姊一出現，畫面驟然一轉，立刻變得燦爛華麗。在這當中的松子姊，有時像少女般天真爛漫，有時又宛如慈母般溫柔慈祥。

她的姿態不僅男人，所有的女人也看了忍不住動心。而我永遠無法跟她一樣。一想到這裡，我又不禁沮喪了起來，我果然還是配不上姊夫。

可是姊夫的「告白」，也給我一記強心針。或許在他眼中，我也是個夠格的女人，這記強心針讓我充滿驕傲。我贏不了松子姊，不配坐上谷崎潤一郎夫人這個位子。但是，身為一個女人，或許我還不太糟。

我心裡帶著這樣的情緒，如何能跟田邊一起去函館呢？我滿心激動地走向後門。

從廚房的窗口可以望見女傭阿初正在準備晚餐。她正在淘米、剝筍皮。

今晚的菜色是用我們的戰利品筍子和海帶芽做的若竹煮、照燒鰤魚，還有用田邊從函館帶來的奶油來炸豆腐。

熱海這裡比較容易買到米，對我們來說，困難的是尋找符合姊夫這個美食家口味的菜色。

「您回來啦。」

我正在井邊清洗沾了泥的手，阿初替我拿來擦手巾。

「謝謝。」

我道過謝、擦擦手，進了家門偷看一眼屋後。

和室裡，姊夫背靠柱子盤腿坐著，跟田邊還有康秋三人談笑。

康秋應該是知道我並不信任田邊，所以才跟他一起來，設法說服我一起去函館。除了經濟問題之外，都已經四十七歲了，田邊還事事依靠康秋，讓哥哥煩心，也實在讓我覺得可悲。

姊夫大概也對康秋覺得抱歉吧，特地拿出珍藏的清酒來招待。佐酒的是田邊帶來的醃花枝。

田邊原先迫不及待地想說服我，不過喝了酒後就酣暢地笑了起來。這麼一來，嗜酒如命的田邊腦子裡大概再也沒有我的存在。

我沒有到和室去，走向松子姊休息的寢室，從紙門外探問。

「姊姊，妳醒著嗎？」

明明被姊夫「告白」，我卻有種奇妙的心情，想把這件事告訴松子姊。但這事絕不能說。我很清楚，不過總覺得可能會不小心說溜嘴，始終緊咬著牙根。

「我醒著啊，小重，什麼事？進來吧。」

拉開紙門，被褥已經整理到房間一角，松子姊正對著鏡子化妝。

她正在為晚上的用餐時間準備。晚上跟姊夫一起用餐時，得從家居服換成外出服，還得仔細化好妝才行。即使在糧食短缺的戰時也一樣。

「啊，天色暗了呢。」

松子姊稍一轉頭，看著從窗戶照進來的夕陽。

「小重，幫我打開電燈。」

我扭開開關。昏暗的房間頓時明亮。松子姊塗了白粉的臉看起來雪白而光采煥發。

「姊姊，感冒怎麼樣了？」

「燒好不容易退了。這才終於有點食欲。今天晚餐吃什麼？」

松子姊有點慵懶地問道。

「鰤魚、炸豆腐和若竹煮。」

「喔，那好。海帶送來了啊。我剛剛也聽到女傭們鬧烘烘地說筍子什麼的。」

姊姊看著鏡裡，沒有停下塗白粉的手。

「我跟姊夫去看附近人家挖筍，結果人家送了我們兩顆筍。」

「來得及去澀嗎？這裡的筍跟京都的可不一樣呢。」

松子姊喜歡京都的食材，大概不想吃本地挖的筍吧。

「就算來不及也得吃啊。」

聽我這麼說，松子姊停下動作笑了。

「每天找食物就像在走鋼索一樣呢。他很緊張，說繼續這樣下去，我們連現金也沒了。」

「真的嗎？」

「好像是真的呢。再怎麼湊，好像也只有五千圓的現金呢。」

田邊在函館據說可以拿到三百圓月薪。手邊的現金只有月薪的一年半年左右，那可嚴重了。

看我沒說話，松子姊一邊畫眉一邊嘆氣。

「畢竟書沒出，當然也沒進帳。」

姊夫現在寫的《細雪》當局說「太多奢侈描寫，不合時局」，因此禁止發行。

「今後該怎麼辦才好呢，姊姊？」

「其實我們正在商量要不要賣掉這棟房子，然後疏散到別的地方去。」

「能去哪裡呢？」

他們願意帶我一起走嗎？我臉上大概寫滿了不安，松子姊撐起半身，擔心地打量我。

「妳是怎麼了？看起來好像發燒了，不會是被我傳染了感冒吧？」

松子姊把手放在我額頭的那一剎那笑了出來，「好冰！」

「妳身上有外面的味道。」

「姊姊，我不想跟田邊一起生活。這種時候要我到陌生地方去，我更不願意。住在東京的時候幸好還有阿清在，去了函館就只剩下我們兩個人。但是家裡既然沒錢，我也不能再給姊夫添麻煩，我不知道該怎麼辦才好。」

看到我眼眶浮現淚水，松子姊把手放在我肩頭。

「別擔心。如果妳想留下就留下，有妳在，他應該也會高興的。」

我內心暗自一震。就算那只是小說世界，我是不是騙了松子姊呢？

「對不起，姊姊。我知道這真的會增加妳們的負擔，但是我求妳，讓我留在這裡。我怎麼樣都不想跟田邊去函館。如果要死在空襲中，那我寧願跟姊姊、姊夫還有美惠一起死。」

松子姊也濕了眼眶。

「函館可是在海的那一邊呢。要是讓小重去了那裡，說不定再也見不到面。雖然已經有了死的覺悟，但是我也不想四散各地死去。」

當時姊夫家有松子姊、美惠子、我。三個女人跟三個女傭。在這個幾乎全是女人的家，姊夫這唯一一個男人得扛起家長的擔子過日子。

昭和十九年底開始，空襲日益激烈。三月十日東京、十二日名古屋、十三日大阪，接著十七日神戶，各大都市陸續遭到攻擊。

在這種與死相隔一線的時局，我決心靠著姊夫「我喜歡妳」這句話，一起活下去。

「請不要趕我走。」

我留著淚請求，松子姊抱著我的肩膀說：

「我們夫妻打算照顧小重一輩子，妳就安心待下來吧。」

「謝謝。」

「還有，雖然對妳丈夫過意不去，不過我打算請他一個人去函館，幫我們寄送各種物資回來。妳看，北海道的紅豆和奶油那些物資，不是挺充沛的嗎？」

說著松子姊促狹地看著我。松子姊總是泰然自若地笑，很少說什麼瑣碎的事，不過她還是有精明的一面。

只要松子姊開口，田邊一定會開心地設法拿到各種物資寄回來。懂得利用他這爛好人的個性，看來還是松子姊技高一籌。

原來如此。這樣想來我也釋懷了，看來我跟姊夫他們在一起，還能替姊夫出點力呢。

7

那天晚上田邊盡力安撫我，好說歹說想說服我跟他一起去函館，但我就是不點頭。我前面說過，到最後喝醉的田邊口不擇言地這麼胡說八道：「是谷崎不放妳走吧？我都知道。谷崎他不喜歡我。」

不，這不是胡說八道。當姊夫對我說「妳就一直跟我在一起吧，一直到死。我喜歡妳」的時候，這的確成為事實。

不能對任何人說的祕密被田邊說中了，我不知有多心虛。

這事絕對不能對別人說，但是從他人口中竟然可以如此輕易說出來，這些話的衝擊讓我頓時倉皇狼狽。不過老實說，我也不是沒有一絲愧疚，心境相當複雜。

田邊是個不論工作、學業都一事無成，一點恆心毅力都沒有的人，唯有直覺異常地敏銳，所以不想被看透的我，非常討厭被田邊觀察，始終低垂著眼。

幾天後，康秋先一步回京。我聽見康秋小聲地對田邊說：「夫妻之間的事，你們夫妻自己解決。」看來人人都察覺我們的關係已經出現危機了。

我後來才知道，康秋這趟來訪，不單純是為了我的事。原來在姊夫的拜託下，康秋打算買下熱海西山的家。康秋也因為三月十日的東京大空襲產生危機感，正急著在找疏散的去處。這對亟需現金的姊夫來說，正是求之不得的好消息。

聽到三月十日東京大空襲的消息，我們也打從心裡害怕。這場空襲跟以往的受害者人數不可同日而語。起初聽到的消息是六十五人，之後才知道共有十萬人喪生，東京的老街區化為一片灰燼，我不禁打了個寒顫，事態竟然如此駭人。

不僅如此，以東京為開端，名古屋、大阪、神戶等，日本各大都市都陸續遭到空襲。我們祐天寺的房子倖免於難，不過街頭巷尾處處是耳語謠傳，說繼老街區之後，接著轟炸的對象是城南、是城北，不對，應該是山手地區等等，誰也不知道什麼時候會發生什麼事，無不爭相設想避難去處和糧食來源。

姊夫擔心如果美軍從相模灣登陸，那麼熱海很可能是必經之道。所以才想用賣掉西山房子的錢在津山置產，靠中間的差額來生活。

之所以選擇津山，一來是因為這裡有松平家的舊藩邸，如果有什麼萬一也好有個照應。另一個理由是姊夫的朋友住在津山附近，不管要找房子或者籌措糧食，都有人能幫忙。

假如我離婚，兩家的關係想必會陷入尷尬局面，所以我一直沮喪地以為，可能得跟田邊當一輩子夫妻。也就是說，我雖然離不開姊夫，可是如果要幫助姊夫，就不能離開田邊。這個事實讓我非常心痛。

「阿弘，要不要喝點茶？」

松子姊招呼著田邊。她說話還有一點鼻音，可是感冒幾乎好了，現在很有精神。我也打算陪著過去。松子姊卻把我留下。

「妳就不用去了，不如幫阿弘補補襪子吧。」

仔細一看，田邊的襪子腳尖有個小洞，已經透出拇指的指甲了。我很驚訝，松子姊竟然如此觀察入微。

「來吧，阿弘，把襪子脫下，讓小重替你補一補。你也不希望被人家說，一定是太太待你不好，才讓你襪子老破個洞吧？」

「啊，是啊。」

田邊笨拙地脫下一腳襪子。田邊做任何事都靈巧俐落，偏偏穿脫衣服的動作拙稚得像個孩子。

我不清楚松子姊心裡打什麼算盤，拿著對方遞過來的那隻還留有溫暖體溫的襪子，呆呆站著。

松子姊招手一喚，田邊單腳沒穿襪子，模樣奇怪地進了和室。看來松子姊是想給遲遲不肯接受事實的田邊一頓說教吧。

我一邊這麼想，一邊讓阿初拿來縫紉道具，開始補襪子。隔壁和室傳來兩人窸窸窣窣的話聲。

姊夫早已經進書齋工作了。無論什麼時候，姊夫總是一大清早就進書齋，先從看信、回信開始，進入工作狀態。這是連松子姊也不能去打擾的神聖時間，不管發生什麼事，他都不會離開書齋。

不過三月四日那天，兩百多架B29戰機盤旋關東上空時，那些轟隆聲和震動大概也讓他心神不寧吧。他走出書齋，陪在害怕的我們身邊。

松子姊和田邊密談，聊了二十分鐘左右，回到起居室來。松子姊悄悄避開我的視線，望著後山的山櫻說道：

「山櫻雖然氣勢壯盛，花色卻沒有風情。我可不希望這是今生最後的櫻花。我死之前想看看京都的枝垂櫻。那才是相伴冥路的花。」

「姊姊，別說這些不吉利的話。」

「話是沒錯。但是這種時節難免會想到生死啊，又有什麼辦法？」

松子姊回過頭嫣然一笑。這種不知道自己明天還在不在這個世上的日子，實在叫人不安、甚至恐懼。如果就這樣送走田邊，我們也可能是此生永不相見。

這時，田邊從走廊上對我招手。

「小重，妳過來一下。」

我把補好指尖的襪子交給田邊。田邊蹲在走廊上，像個孩子般動作笨拙地一邊穿襪子一邊問：

「是阿初縫的嗎？」

「是我自己縫的。」

田邊匆匆低下頭。看到他好像浮現淚水，我訝異地問：

「阿弘，姊姊跟你說了什麼嗎？」

「我們到院子裡說吧。」

大概是不想被阿初聽到吧，田邊穿著襪子套上庭院的木屐。我追在他身後來到院子裡，天氣多雲溫暖，是個讓人感受到凝重大氣的春日。

這種天氣裡，花香特別濃烈。梅花、櫻花、木瓜、紫羅蘭、紫雲英、連翹……各色各樣春天的繁花盛放，蟲獸蠢動，我們如此懼怕死亡，但生的氣息又是如此濃密，令

眩。剛剛松子姊的那番話，或許也是看到庭院的生氣有感而發吧。

「所以呢，姊姊跟你說了些什麼？」

田邊這個人個性輕浮，經常愈說舌頭愈靈活，他此時卻吞吞吐

「她拜託我，不要帶妳去函館。也可以說是在罵我吧。」

「姊姊罵你？」

就算有自己的想法，在周圍的人開口之前，向來什麼都不表達的姊

邊過來，向他坦白自己的意見，這實在讓我很意外。

聽來或許有點誇張，但這些都是從田邊口裡問出，松子姊對他說的話。

「阿弘，今日一別，很可能是最後一面，說不定我們再也不會相見。沒人知道明天會發生什麼事，正因為是這種時候，我就老實告訴你了。我跟谷崎非常擔心，要是小重跟你一起去了函館，不知道會遇到什麼狀況。我知道這些話你聽了一定很刺耳，但這都是出於真心為小重著想的家人親情，還請你耐著性子聽我說完。

「阿弘，你過去待小重很糟。第一是你太愛喝酒。喝了酒，人的個性會變。副傷寒那件事也是，你的生活方式未免太過隨便。讓阿君吃了牡蠣中毒，我們對阿君家裡人不知有多抱歉。然後你在中毒事件之後辭掉了沼澤工業的工作。你就不覺得對沼澤先生不好意思嗎？

「我最心疼的，是你讓小重為了錢而煩心苦惱。每次有人來討債，她就得出面應付不是嗎？但是我聽說這種狀況下，你還繼續吃著山珍海味、暢飲美酒，甚至捻花惹草、揮霍散財。我們絕對不想讓小重為錢受苦。小重不是該承受這些的人。

「阿弘，看來你這次想要在函館好好努力一番吧？但再怎麼樣那都是隔著一片海的陌生土地，如果小重在那裡又為了錢的事傷神該怎麼辦？到時候我們相隔遙遠也幫不了忙，她說不定得淪落去賣身呢。這樣一來我可能再也見不到寶貝妹妹了。假如是同一片本州大陸也就罷了，北海道在海的那一邊呢。況且又是戰時。谷崎說過，如果國家被占領，我們可能永遠無法相見。小重是我們珍貴的妹妹，假如真是這樣，那我再也無法原諒你。

「這次也是，我沒有想到你會這麼快來接她。我想這是因為你真的很寂寞、很不安吧。既然如此，不如暫時學著一個人忍耐過日子，祈求小重平安無事。

「我也跟康秋先生說過了，再過不久我們打算疏散到津山去。聽說津山那邊糧食狀況沒有那麼吃緊，我們也很期待。小重雖是田邊家的媳婦，畢竟還是個外人。能不能請你跟津山那邊的親戚說一聲，讓他們多關照關照？還有，也請你寄些北海道的糧食給小重。我拜託你了。」

「姊姊都說到這個份上，我也不能硬把妳帶走。所以這次我就死心了。」田邊聳聳肩，突然又抬起頭來，「但是妳能不能答應我一件事？」

「什麼事？」

「我求求妳，一定要活著。我在函館被問到太太的事，回答『她不來』的時候，每個人都會別過頭去，好像問了不該問的事一樣。大家都在同情我。他們對於我在這麼危險的時期，竟然把太太丟在危險的本州，都覺得很同情。想著想著，我突然害怕了起來。我開始擔心我會永遠失去妳。姊姊對我說的那些都很有道理，我無話可說。我太沒有為人丈夫的自覺了。畢竟我單身自由生活的時間太久，完全不懂得什麼叫體貼。等我終於發現的時候，身邊已經沒有妻子了，說來也真是諷刺。不過我還是會一直來找妳，等到妳改變心意為止，我希望妳一直是我的妻子。」

說著，他流下了眼淚。

「我知道了。」

我點點頭，同時心裡對於松子姊的影響力之大感到震撼。在一門親戚這個同心圓當中，關注每一個人、像漣漪一樣給大家帶來影響的，永遠是姊夫和松子姊。

「姊姊還說了什麼嗎？」

田邊點點頭，難為情地將手放在自己快禿的後頭部。

「她還炫耀了一下……」

「炫耀？」

我驚訝地拉高了聲音。聽說松子姊又接著這麼說道：

「谷崎深愛著我，所以我感受到跟小津結婚時完全不同的幸福。遇見谷崎，我才真正體會到，女人如果沒有男人的愛，就無法完整。小重跟你結婚之前沒有跟男人交往過。你就是小重的第一個男人，請你要好好珍惜小重，真摯地愛她。否則，小重就會跟認識谷崎之前的我一樣不幸。」

我凝視著田邊那得意洋洋敘述的嘴角。雪白的假牙，象徵著田邊得過且過的人生。

松子姊卻想說服這種人愛我。我真不敢相信。既然得到了姊夫的愛，就表示已經有了身為女人的功績。但對象如果是田邊，根本不可能。說不定松子姊內心深處，對於姊夫只愛她一個人這件事，覺得無比驕傲。

既然如此，姊夫也有可能愛著我啊。假如把剛剛我跟姊夫的對話告訴她，松子姊會有什麼反應呢？

我的命運或許在松子姊眼中很值得同情。我盯著枯萎的丁香花花瓣，腦中這麼想著。

最後，田邊一個人回去函館。他看起來很捨不得跟我分開，我一時心軟也動過送他到東京的念頭，不過空襲警報還沒有解除，也就作罷，兩人在熱海車站道別。

「一想到我們可能再也見不到面，我就忍不住想哭。」

田邊在車站撲簌簌掉下眼淚。我心裡也千絲百縷，不知該怎麼反應才好，但並沒有掉下眼淚。

8

儘管田邊哭著求我，我還是選擇跟松子姊還有姊夫他們在一起。這也代表了我的決心，一樣要死，與其在田邊身邊，我寧願跟松子姊和姊夫他們一起。

我的決心似乎給了田邊很大的衝擊。日本敗戰跡象濃厚，已經進入本土決戰，也是在這時候，幾乎每個日本人都開始發現，哪怕是一般百姓的生命，也會在戰爭被殘忍剝奪這個嚴酷的事實。

「潤一郎姊夫，我不去函館，請讓我跟你們在一起。」

從車站回來後，我雙手就地低頭請求，當時姊夫正在吃午飯，菜色是手打烏龍麵和野菜炸天婦羅，他放下筷子，臉上浮現溫和的笑意。

「太好了。我偷偷告訴妳，小重能留下來，松子不知道有多安心呢。」

我一驚，抬頭看著姊夫臉。但姊夫只是彎著嘴角，掛著穩重的笑。

明明對我說了那種話，為什麼事到如今還一臉若無其事呢？我內心很沮喪，但是又怕被敏銳的姊夫看穿，拚命想藏起自己的表情。因為我發現，姊夫喜歡我咬牙強忍、隱藏激烈內心的樣子。

松子姊也只是表現得開朗從容，沒多說什麼。因為她的內在複雜，所以才不讓任何人看穿。同時，她也像個女演員一樣千變萬化，讓人捉摸不定。所以連姊夫這樣的男人也能被她玩弄於掌中。

既然如此，我就得當個跟松子姊全然不同的女人。儘管總是站在松子姊身後，老實不起眼，卻內心堅毅的妹妹。

松子姊是太陽、我就是月亮，松子姊是光、我就是影，松子姊是動、我就是靜。但我們絕非上下關係。有我才有松子、有松子才有我。姊夫喜歡的，是跟松子姊成對的我。

「阿弘一定很失落吧？」

姊夫隨口問道，看來也不是太在意。

「他在車站哭了。」

聽我這麼說，姊夫驚訝地揚聲道：「是嗎？」

「他真的很不安呢。原來阿弘也有軟弱的一面，跟小重正好相反呢。」

「我也稍微哭了啊。」

我小聲抗議，姊夫笑了。

「不管怎麼樣，我們已經決定要去津山了，有小重夫人跟著真是太好了。」

我想這應該是姊夫的真心話。對姊夫來說，跟田邊來往一定很麻煩吧。田邊是他想要「悄悄排除」到這圈子外的人。

但實際上，田邊的哥哥康秋把他在津山的松平宅邸暫時借我們住，還一口氣以現金買下了西山的房子。受人家這麼大的幫助，我們也不能隨便對待田邊。

說不定姊夫和松子姊其實在利用我？這種念頭也曾經掠過我腦中。姊夫對我說了那種話，把我這個田邊的妻子留在身邊，會不會只是想利用康秋？

我很清楚，不該有這種念頭。但我好幾次靜靜看著姊夫那彷彿熱度突然冷卻般，反覆說著「小重夫人」的臉。若是沒聽到姊夫的「告白」，我也不會這麼難受。

我心裡萬般思緒。知道我心思的，明明只有這最擅長讀懂人心的姊夫，可是我每天都得小心提防，別讓姊夫看穿我的心，這樣的日子讓我疲憊萬分。

我本來覺得事關隱私，當時沒有問，不過聽說西山家是以七萬圓讓渡的。雙方約好的條件是其中五萬圓以現金在四月底之前支付，剩下的等到戰後支付。戰後才支付，看來是很大的讓步，但對姊夫來說，應該一心只想著要度過眼前難以取得現金的困難吧。

可是從熱海到津山這一路並不輕鬆。

我們跟康秋約好，四月前後要交出西山的房子。要留下一整棟房子、搬到還不確定的新居，這實在是浩大的工程。

拋下西山遷往津山，這個時期應該是以姊夫為首的谷崎家最大的苦難。

當時世界局勢也動盪不安。四月七日小磯內閣總辭，十二日美國羅斯福總統過世，十三日晚上，東京遭受第二次大空襲。這次主要是豐島、澀谷、向島、深川等地受到密集轟炸。

十五日，我們終於把第一批行李送往津山。那天晚上聽聞報導，這次輪到城南遭到空襲

——羽田、大森、荏原、蒲田——美軍到底要製造多少焦土荒原才甘休？他們或許覺得，反正都是木頭和紙張做成的房子，燒掉也無所謂。我心裡與其說不甘，更多的是不堪。這種無差別的猛烈轟炸，把我們逼到無路可走。

「姊姊那裡不知道是否平安呢？」姊夫輕聲對擔心朝子姊姊一家安危的松子姊這麼說。「帝都已經毀了。要是不早點投降，日本人說不定會滅亡。」

熱海也難保安全。我們急匆匆加快打包行李的速度。但是心愛的和服、櫥櫃、書桌、棉被，總不可能每樣東西都帶走。

衣服當然也經過精挑細選，實在帶不走的就送給左鄰右舍或者下人。雖然已經篩選了很多，但決定帶走的東西還是不少。美惠子聽到還得減少行李，哭哭啼啼地丟了一些衣服和小東西。

姊夫雖然是作家，不過幾乎沒有藏書，搬家時輕車簡從。很多其他作家同時也是收藏豐富的藏書家，甚至另外設有書庫，所以大家都對姊夫書籍之少感到驚訝。姊夫每當結束一件工作，就會丟掉所有資料跟書籍，或者送人，乾脆得令人咋舌。

二十五日，西山也裝設了高射砲。有高射砲就表示得擔心來自空中的攻擊。「看來這附近也終於要變成戰場了。」姊夫滿心遺憾地說。

二十八日，我們將最後十五件行李送往津山。

五月一日，柏林淪陷。幾天前墨索里尼在北義大利的科莫被捕。三國同盟瓦解的這一天終於來了。

我們約好在在這一天交出這房子，松子姊彈奏了最後一曲琴。曲終時，大家忍不住落淚。松子姊不得不把自少女時代彈的琴留下。唯一慶幸的是，買下這房子的是康秋，他告訴我們，家具和雜物都可以就這樣留下。比起丟掉，確實讓我們心裡好過了些，可是沒有了住處，實在是件遠比想像中更難過的事。

我們離開西山，搬到附近的旅館「戀月莊」。因為要買到前往津山的車票相當困難。當時火車的車票一次只能買三張，不可能一口氣買五張。就算有遷居證明，一個人也只能買四張。但是我們總共有姊夫、松子姊、美惠子、我，還有女傭阿初共五個人。最後，多虧了熱海某市議員、熟識的住持、出身播州的女傭，還有剛好從東京過來的清一等人，才終於買到五張六日晚上九點三十九分熱海出發、前往大阪的準急列車車票。

夜班車很折騰，可是比起小型飛機的機關槍掃射要安全多了，而且聽說五日東海道那邊有空襲，所以今天晚上應該暫且無事。姊夫在這方面的判斷相當精準，我們自然二話不說遵照他的指示。拿到車票後，還得掌握出發的時機點，真是命懸一線的時代。

出發前，我悄悄做了一件事。將五萬圓現金分散在阿初以外的四個人手中。我也負責其中的一萬圓鈔票，夾在腰帶間。我一直很緊張，要是被人偷走，怎麼對姊夫他們交代。

晚上上了列車，車裡當然人潮洶湧、座無虛席。我們大家分擔拿好十三件行李，坐在二等車廂的地板上。姊夫把防空頭巾放在木屐上，然後坐在那上面，我們則將大布巾鋪在地板上，就地而坐。

到了靜岡，空出一個座位，我們先讓在石階上扭傷了腳的姊夫坐。來到濱松又有一個空位，由松子姊和美惠子輪流坐，我坐在來到名古屋空出的座位，持續著這一段雖然艱辛但還算平安的旅程，在早上八點到達大阪。

由大家分別保管巨款，延續辛苦的旅程，讓我們更加能共體時艱。儘管座位相隔遙遠，也不時確認彼此的安全，久而久之，我也忘了心裡那些疑念，數度安心地告訴自己，幸好留下來了。

去津山之前，我們繞到魚崎的家一趟。神戶在三月十七日曾有一次大空襲，親戚和從前家裡的傭人都還穿著當時那身衣服，躲避戰火避難而來。

五月十一日，B29戰機也飛到魚崎上空來。我們躲進防空壕裡，嘗到了九死一生的經驗。眼看著炸彈就在離我們極近的距離掉下，真是千鈞一髮。從防空壕出來後，我們面面相覷，茫然發呆了一陣子。

這種危險的狀態下，心裡愈來愈焦急，只希望快點到津山。還沒到手的津山夢幻房子，成為我心裡唯一的避難所。

加上避難到魚崎的親戚和傭人，總人數不少，不過我們好不容易買到車票，在十四日前往津山。路上沒有遭遇空襲，途經姬路，在十五日下午平安抵達。

這天下著雨，天氣微涼。津山比想像中更位處深山，讓我覺得很不安。看來大家也都是同樣心情，每個人都不太說話，默默走在這高低差劇烈的鄉間小道上。

抵達松平家後，對方準備的房間是一間十疊[1]、一間六疊，沒有任何擺設用具的和室。敞開的拉門可以看見成群蚊子飛舞的污濁水池。一片令人沮喪的景色。

幸好我們的行李已經全數到達。可能是因為雨水會沿著集雨管直接滴入池中，水聲不斷，聽來又更加寂寥，我完全無法入睡。

第三天，松子姊和姊夫前往朋友家，請他們幫忙在津山找房子。我們總不能老是賴在松平家裡，必須快點找到住處搬過去才行。

「希望能找到好房子。」

「我們可能會在那邊過一晚，吃飯就用我們帶過來的米，隨便吃吃吧。」

跟松子姊簡短交談過後，我留下來看家。但是他們當天就回來了。聽說那個本來要替我們介紹房子的人突然生了重病，命在旦夕。

看姊夫那麼失望，我很不忍心。雖說我們是田邊的親戚，但要是沒有房子也等於走投無路了。我們賣了西山的家來到這塊陌生的土地，都是期待可以請這個朋友幫我們找間好房子。

因此，我們只好暫時借住松平府上，但這時又有另一個更嚴重的問題：津山的糧食狀況並不理想。來之前原本聽說這裡蔬菜收成豐富，一來才知道，相較之下，熱海那邊物資要充沛多了。

蔬菜配給半年才有一次，想到附近買，也沒人願意賣給像我們這種逃難的人。帶來的米漸漸見底，一想到快要捉襟見肘的糧食，姊夫愈來愈焦慮。

另外，在松平家的日子也逐漸難熬。儘管我們是藩主後代的姻親，但畢竟一口氣有這麼多人來借住。

就在這樣的日子，我收到一封田邊寄來的信。「我有事去東京，順便過去一趟。」我半信半疑，覺得不太可能，但六月二日，背著大後背包的田邊真的來了。

「小重，妳過得還好嗎？」

我也很驚訝，自己竟然大哭了起來。因為萬萬沒想到，他會特地到這種地方來見我。

「我還以為直到戰爭結束都見不到你。」

聽到我哭著這麼說，田邊也摟著我的肩頭哭了。

1 疊，日本建築物標示房間大小的單位，為一塊榻榻米的大小，約一．六二平方公尺。

「我也是。每次一有空襲我就好擔心，不知道小重是不是還活著。」

「我還活著啊。」

「太好了。」

我們相擁而泣，外出的姊夫也急忙跑回來。

「這不是阿弘嗎，這麼大老遠距離，你竟然來了！」

正當眾人覺得擔憂不安時，田邊來見我，讓每個人都覺得得救了。

而且田邊的出現，也讓周圍人的態度有了戲劇化的改變。聽說松平家子爵的弟弟來了，公所的人特地來問候，津山一時也掀起騷動。

另外，田邊從北海道扛來的物資也幫了大忙。紅豆、奶油、麵粉、魷魚、昆布。有了這些，就能跟附近農家交換食物了。

這次連姊夫和松子姊也都顯得很感激。從此之後，姊夫對田邊的評價似乎也一反往常。松子姊過去把他說成那樣，但現在也很感謝他在我們窮困時出手相助的恩情，開始禮遇田邊。

很奇妙地，在姊夫認同田邊之後，我也比以前更喜歡田邊了。我心想，既然田邊的評價提高，或許比以前更配得上我了。

第二章　女與媳

1

背負山珍海味　思慕妻子　遠自蝦夷來此美作之國

昭和二十一年正月，姊夫為田邊寫下了這段歌。

「思慕妻子」，應該是讚賞田邊自從函館謀職，相隔兩地，待我態度大為轉變，開始有身為丈夫的自覺。不過「山珍海味」也透露出姊夫對美食無窮盡的欲望。

好不容易來到津山，卻沒有房子、也沒有食物，我們束手無策，不知今後該如何是好，但還是努力活過每一天，日復一日，終於，日本迎來了終戰。

我們歡欣鼓舞，謳歌生命的可貴，但這樣的喜悅並不長久。接下來等待著我們的，是混亂局勢下嚴重的物資不足。

沒有房子、沒有食物。我們離開津山，借住在附近一個叫勝山的地方，偶爾到京都尋找適當住處，為了取得食物而奔走。

如同預期，姊夫順利地完成了《細雪》，不過艱困的時代還沒有結束。

走入院中　陌生廚事中　白雪紛紛

這是同一天姊夫送給我的歌。

不只是我，松子姊也每天站在廚房裡，跟女傭們一起想辦法除去野草澀味、在麵粉裡加進雜糧增量揉出烏龍麵，下了許多工夫在能取得的食材上。為了做出盡量合姊夫口味的菜，女人們竭盡全力艱苦奮戰。

當時最困難的，就是獲取讓大家都能吃飽的足量食物。在這種狀況當中，要說田邊從函館扛來的食物維繫了我們的生命也不為過。

從函館到勝山路途相當遙遠。得乘船、轉好幾班列車，花上好幾天的時間。而且要買車票非常困難，就算好不容易買到，聽說在擁擠的車內別說坐下了，就連要起身解手也很困難。

田邊隻身一人扛著塞滿貴重物資的背包，沒給人偷走，一路上絞盡腦汁臨機應變，大老遠來到勝山。而且還前後好幾次。

田邊的靈活腦筋和優異判斷力，應該是流浪美國時培養起來的吧。要不然就是他與生俱來的資質，或許是因為這些過剩的天分，才導致他中學退學、始終無法有穩定職業。

這種資質或許也可以稱為冒險心，這是包含姊夫在內，我們沒有一個人具備的資質。

田邊的冒險心在和平的時代不僅一點也派不上用場，甚至還相當多餘、根本不需要。可是來到戰時這種混亂期，卻相當有幫助。

就連我們姊妹也對他大為改觀，沒想到平常被揶揄為老大爺、總沒個定性的田邊，竟然有可靠的一面。

當然，姊夫和松子姊內心深處原本很輕蔑田邊，所以光是這一件事就足以讓田邊大大加分。田邊自己也不甘示弱，更加琢磨他的腦袋。人真是不可思議的生物。

舉個例子來說，二十一年正月，田邊扛來的北海道物資有這些：

新卷鮭兩隻　高湯昆布半年分
醃鯡魚一樽　海膽膏一瓶
醃花枝一瓶　燻花枝
數尾鹽醃花魚　十尾鹽醃沙丁魚
一盒火雞料理　奶油數磅
駐軍罐頭及香菸數種、巧克力、砂糖、葛粉等
美國雜誌，《生活》、《時代》、《君子》

田邊很懊悔地說，就是弄不到鯡魚子，其他姊夫在信上託他帶的東西，他幾乎都帶來

了。而且連香菸和雜誌這些奢侈品都有，可見他的用心。

這些物品不僅能端上餐桌，還能換來白米、味噌、醬油，非常有用。

於是，田邊對谷崎家來說開始成為不可或缺的重要人物。看到姊夫總是叫著他的名字「阿弘、阿弘」，對他另眼相看，我對他的愛也漸漸加深。

不，我並不覺得自己現實。回想到田邊新婚時期的荒唐，叫我喜歡上當時的他根本不可能。

但在戰爭這種亂世下才有價值的冒險心，等到世態安定，也漸漸不再需要。

後來我們在京都租到房子，搬了過去。田邊也在昭和二十一年九月辭掉函館的工作來到京都，開始在「日本羽毛公司」這間賣羽毛被的公司工作。公司主要交易對象是進駐的美軍，因此會說英文的田邊很受器重。

我和田邊也因為這樣再次一起生活。正因為戰時抱著此生無法再見的覺悟分別，現在我們才能再做夫妻。

田邊的公司在日本橋也有分公司，經常需要出差，不過現在的他跟以前有著戲劇性的改變，他不再捻花惹草或者酗酒，相當老實。

後來想想，他之所以變得沉穩，或許是因為癌細胞已經開始侵蝕田邊的身體。不，我想一定是這樣。

田邊什麼也沒說，但他可能已經發現只有自己才感覺得到的身體異常。

當時我完全沒想到這一點，下定決心要跟田邊比以前更和睦相處。這當中也包含了我暗地裡的對抗之心，希望跟以「女人功績」自傲的松子姊一爭高下。

不，也不只是松子姊。我心裡也萌生了與對我說「我喜歡妳」、讓我心煩意亂的姊夫的對抗心。

我所謂對抗之心是指，再也不想被姊夫擺布的堅定決心。這些都轉變成對田邊的愛情。物資不足的戰時和終戰之後，姊夫對田邊大加讚賞，但等到時局穩定，他們就漸漸疏遠田邊。我發現這件事時，終於湧現對田邊的愛。既然我們必須躲在姊夫他們背後生活，不如就成為真正的家人，一起過活。

一天晚上，田邊跟我兩人一邊喝著威士忌，一邊聊起未來。我們喝的威士忌是黑標的約翰走路高級品，是田邊的顧客裡跟美軍有關的人送他的。

「我們是不是不會有孩子了啊？」

其實我們一直懷不上孩子，還去做過醫學檢查，當時並沒有發現什麼問題。

「小重，妳現在實歲幾歲？」

田邊這麼問，我也老實回答。

「實歲的話，四十一歲了。」

「那大概不可能了吧。」

換作是以前，田邊早就大開我玩笑了，但今天晚上不一樣。他的聲音很陰沉。

「不可能？是嗎？」

我還不想完全放棄，低聲這麼說著，田邊卻對我道歉。

「不，我是指我，不是說小重。對不起啊小重，跟我這種人結婚，也沒能生孩子。我都這把年紀，我想已經生不出孩子了。」

「那田邊家就要結束在我們這一代了呢。」

但田邊好像又突然冒出一個點子，開朗地說：

「不，我們可以收養養子，期待孫子的成長啊！」

我聽了苦笑。他們夫妻生下的孩子確實是「孫子」，但是，我們真能打心裡疼愛沒有血緣關係的孩子嗎？

「想想也真悲哀。」

看到我垂頭喪氣，田邊將手上的杯子跟我的輕輕碰了碰，小聲說「乾杯」。

「別這麼說啊，小重。我們不都從戰爭中活過來了嗎？」

確實沒錯。我們熬過了戰爭。我也終於找回了跟田邊的平靜生活。

大概是因為兩人關係穩定，才生出了嫉妒，或者說焦躁吧，田邊戰後只有一次大發雷霆，那次他相當生氣。

之前我也提過，就是在《細雪》完成，田邊讀過之後。他看到自己被寫成書中的御牧實，這才知道姊夫是怎麼看待之前的自己。

他為此不開心了一陣子，覺得姊夫犯不著寫成這樣，現在想想，我覺得很同情。為什麼同情他？因為田邊還沒有生活在一個小說家身邊的覺悟。這看似幸福，同時也是種不幸。

漸漸地，田邊又跟以前一樣，回到那個隨興所至、工作老不長久的丈夫。

讓我受不了發了一頓大脾氣的，是他賣掉祐天寺房子時的事。

田邊說，他只用十萬五千圓就賣了房子。買下房子的是當時住在那裡的木村。條件是現金十萬圓，另外五千圓月付。

再怎麼樣這個價錢也太便宜了，我跟田邊抱怨。

「哪有這麼便宜就賣掉的？」

田邊惱羞成怒。

「我就想快點決定嘛。」

老大爺的任性又來了，我氣到說不出話來。因為這不是他自己辛苦賺錢買來的房子，是康秋出錢買的，所以他一點也不留戀。

「再怎麼樣這也太便宜了啊！」

「不要緊。我們已經說好，十萬要給現金，應該是不錯的條件啊。誰知道將來日本會變成什麼樣子。還是先拿到現金比較划算。」

我聽來只覺得是敷衍的藉口。祐天寺如果有一百坪左右，至少值二十萬吧。

我實在無法接受，緊接著又要開口，田邊卻大聲怒吼。

「煩死了！現在這樣不就好了嗎！」

我們後來沒再談這件事，不過我曾經認真想過要請姊夫出面說服他。我想，姊夫說的話田邊應該聽得進去。

但是田邊當時已經出現有些抗拒姊夫的傾向，後來這個想法也沒能實現。姊夫對於田邊三天兩頭換工作也很不以為然。

田邊一年後辭掉「日本羽毛公司」，新的工作在美軍將校的軍官俱樂部，活用他的英文能力，擔任經理。

我有點擔心田邊的壞習慣又要出現，但是每天用英文跟美軍打交道，或許可以讓田邊的冒險心有點發揮，所以我什麼都沒多說。

那時候我們在鶴山町租房子，但是因為房東的女兒結婚了，我們只得搬走，租了下鴨的三井別墅一處別館。

另外，在南禪寺生活的姊夫他們也開始找房子，想住在更大的地方。

去看下鴨一處度量衡店主的別墅時，我們夫妻也同行，田邊一眼就看中這個地方，不斷勸姊夫買下。那就是故事開頭我提到的「後面的潺湲亭」。

姊夫他們搬到潺湲亭後，我們則搬到姊夫過去住的南禪寺房子。當時我怎麼也沒想到，那年田邊過世，我後來也住進了潺湲亭。

田邊在昭和二十四年的十月十五日去世，享年五十一歲。四個月之前，田邊突然吐了咖啡色的血。

「我該不會也得了胃癌？」

他有個妹妹得胃癌過世，這讓田邊很擔心。其實在這一年前，他也曾經因為劇烈胃痛，大鬧了一場。

當時診斷的結果是膽結石，但是那時候戰爭才剛結束沒多久，很遺憾沒能找到專科醫生來看診。

就在我決心要離開姊夫他們，只靠我倆過日子之後不久，田邊就去世了。我感到很強烈的悲傷和失落。因為我原本以為跟田邊生活，可以讓我在精神上擺脫以往對姊夫他們的依賴。

可是做完四十九法事之後，姊夫來到我身邊，這麼對我說，

「小重，妳到潺湲亭來吧。我會代替阿弘，照顧妳一輩子。這次我真的要跟妳一起，直

到死為止。」

「姊夫，您以前也說過一樣的話吧。那時候我真是高興。」我大膽地開口。

「在西山，是嗎？」姊夫眼神往我這裡橫過來，看著我。

「是啊。」

「那時候小重打算跟阿弘分手吧。」

姊夫又強調了一次。

「沒錯，我不想跟他一起去函館。」

「所以啊。」

姊夫說著，將手上的念珠收進懷中。什麼？原來那只是他對家人的庇護。

我實在太失望，淚眼朦朧，但在姊夫眼中，或許只覺得我是因為田邊之死而悲痛吧。

2

說件難為情的事。

田邊之死，讓我染上了一樁惡習。

我不喝酒就睡不著，後來愈發嚴重，沒有喝到全醉無法罷休。

森田家原本對於飲酒就很寬鬆。父親在我們姊妹小時候就會讓我們陪同晚酌餐席，喝一小杯吧，好，再來一杯試試？他總是以這樣逗弄我們為樂。

在這種教養方式下，對我們姊妹來說，酒並不是什麼特別的東西，是一種日常生活的樂趣、享受。

魚店送來了新鮮鯛魚，那今天喝點伏見的冷酒吧，或者是買到了上等紅葡萄酒，今天就吃牛脂鍋吧，生活中充斥著這類話題。

或許有人會對年輕女子喝酒不以為然，不過森田家確實有這種凡事寬容、追求享樂主義的一面。

《細雪》裡寫道，主角雪子雖然五官寡淡，可是化妝之後輪廓立體鮮明，也喜歡穿華麗誇張的服裝。確實，娘家的風格樣樣都講究華麗氣派、誇張醒目。

像我們這種關西的富豪，或許比其他地方都開放，同時也更加開明。我想這或許也是姊夫最喜歡的一點。

姊夫向來討厭愛慕虛榮、只在意外界眼光的人，更是不喜歡將女人關在封建制度當中。記得我前面提過，以前拉理這對法國鋼琴家夫婦曾經來過「後潺湲亭」，想要在此體驗茶席。

松子姊和我都沒有學過茶道，所以由山伏醫院的院長夫人和後來跟清一結婚的千萬子代替我們來點茶。

後來嫁進這個家的千萬子還曾經挖苦我們，「潺湲亭明明有這麼好的茶室卻放著不用，真是太可惜了」，可是森田家的女人即使不精茶道，卻也愛好美酒、欣賞有趣的戲劇，陶醉於不同季節的櫻花或紅葉美景，詠歌讚頌，生活得快樂充實。

而且跟我結婚的是愛喝酒的「冒險家」田邊。田邊最喜歡在家裡跟我一起舉杯對飲。也因為這樣，我的酒量一天比一天好，不只日本酒和葡萄酒，現在也開始喝以前很少接觸的蒸餾酒威士忌和白蘭地，偶爾還有伏特加。

田邊過世後，我跟姊夫和松子姊一起生活，每天晚上一定都會以日本酒或者葡萄酒佐餐。

我也很擅長安排菜色搭配。其實我跟松子姊都很會做菜，也擅長安排菜單。大家經常誇讚，我們很懂得挑選搭配菜色的酒。我想這是因為我骨子裡跟酒很合得來的關係。

老實說，田邊死後，幾乎可說只留下酒精給我。不，這些話可一點也不誇張。

我恨過田邊，也認真想過要跟他分手。他對我動粗或者背叛我也不只兩、三次了。

但田邊離世之後，我的身心都覺得寂寞無比。在我終於明白松子姊所謂女人的功績是指身心兩方面的充實，田邊就突然走了。

跟田邊的婚姻前前後後九年，時間並不長。在這當中日本先是經歷日中戰爭，後有太平洋戰爭，始終處於戰爭期。

戰爭先奪走了田邊很可能成功的木工設計工作，接著讓我們夫妻分隔兩地，我甚至覺得，田邊的壽命也是因為戰爭而縮短的。

想到這些，我就開始同情田邊，同時也同情嫁給這個運氣不佳男人的自己，忍不住想哭。

那天應該是昭和二十四年九月三十日，我們森田家母親在百萬遍辦三十三次法事的時候。

第三十三次，也就是最後一次法事，因此森田家的長姊朝子也在前一天來到京都。朝子的目的除了參加法事，也為了來探望田邊。當時所有親戚都有心理準備，罹癌的田邊已經不久人世。

田邊過世是在十月十五日，因此九月底可以說是田邊最痛苦的時期。

看到他痛苦的樣子，姊夫多方奔走，希望能弄到一些嗎啡，但不巧剛好遇到駐軍管制嚴格的時期，沒能到手。出院回南禪寺家的田邊那難受的樣子，連看護也不忍卒睹，我累到身心俱疲。

我們沒有告訴田邊他得了癌症，可是看到那麼多親戚來訪，他也起了疑心。

一天晚上，我想到要跟田邊永別，在房裡哭哭啼啼的，出來解手的田邊剛好探頭進來，對我說：

「小重，妳在哭什麼？」

他眼裡浮現出明顯的懷疑。

「我沒哭啊。」

我笑著敷衍，但瞞不過他。

「不，妳哭了啊。」

「是照顧我太累了嗎？」

確實沒錯。

「這樣嗎，真是辛苦妳了。」

田邊老實回了房，但現在想想，應該是可憐拚命想隱瞞的我，故意裝作不知道吧。

這種種心痛都把我逼得喘不過氣來。

亡母的法事由姊夫還有我們四姊妹跟清一、美惠子一起辦，法事辦完後，我們回到潺湲亭，吃著辻留的便當。

大家好久沒聚在一起，悲喜交雜，也聊得極開心，但一說到田邊，眾人都沉默下來。

席間朝子姊姊嘆著氣說道：

「小重，阿弘瘦得像變了一個人似的。如果在街上遇到，我可能認不出他呢。」

光是聽到她這麼說我就哭了。一喝酒，眼淚就不聽使喚。沒錯，我就是愛哭鬼。

「姊姊，妳看小重又要哭了，別再說這些了。」

松子姊緊張地制止，不過我已經泣不成聲。喝了酒之後，好像一口氣把平時的鬱憤都爆發出來。

跟田邊分別的日子一天天逼近。漫長的戰爭即將結束，即將要面臨新的開始，卻只剩下我孤單一人。

不是悲哀、不是焦急，也不是憤怒，一股說不上的淒苦湧上心頭。我不顧旁人的眼光痛哭了起來。也不管大家制止，當場大口喝光了所有的酒。

最後我哭到失去意識，連自己毀了酒席都沒發現。這時候每個人都以為我是因為過度悲傷所以借酒澆愁，可能都覺得我太沒分寸了吧。

接下來的事我是後來才聽說的。因為我自己一點印象都沒有。

宴席上，田邊以前工作的駐軍軍官俱樂部上司迪恩先生來訪。

我雖然醉到不省人事，還是送迪恩先生出門，結果跌倒摔進了水溝。我撞到臉鮮血直流，就這樣哭著睡著了。姊夫急忙替我請了醫生來，大家一起送我回南禪寺家。

隔天早上醒來時宿醉得厲害，照了鏡子後還發現臉腫得可怕。連我自己也嚇了一跳。這時松子姊才說出昨晚我的失態。

來到病人的房間，田邊骨瘦如柴，也沒戴假牙，只看到滿是皺紋的嘴角和滿臉鬍子。他樣子看起來很糟。但那張嘴還是不饒人，出口淨是胡話。

「喔？我還以為是怪談裡的女鬼阿岩呢，怎麼，這不是小重嗎？妳是怎麼了？」

「昨晚辻留的便當太好吃，我就喝過頭了。」

「什麼啊，我在這喝水藥，妳竟然喝酒。真好，我也想喝個痛快。」

看到田邊強顏歡笑的樣子，我又忍不住要掉淚。明明知道看我哭成這樣，田邊就算想走也走不了，但我就像感情失禁了一樣，抽抽噎噎地哭個不停。

「小重，好了，別哭了。」

田邊也終於忍不住，不知是不耐煩了，還是苦笑地勸我，可是我就是止不住眼淚。

「妳再哭我就不死了喔。」

田邊心知自己死期將近，開了這個玩笑。想到這個我又更想哭了。我哭啊哭啊，哭到眼睛都快溶化掉，怎麼也停不下來。

結果在這之後兩個星期左右，田邊嚥下最後一口氣。之前受了那麼多苦，最後卻安詳地走了。

之後我想起田邊的大小事，動不動就哭，哭了就喝、喝了再哭。我甚至告訴大家，我待會想哭，所以要喝酒，拿著酒進倉庫去喝，在倉庫裡喝到醉，大哭特哭。這樣就會爽快些。

到後來就本末倒置了，不是為了想哭而喝，而是因為想喝而哭。我裝出悲傷的樣子，躲在倉庫裡。我已經離不開酒精了。

忘記是什麼時候了，曾經有過這麼一件事。應該是清一跟千萬子結婚的時候，大概是田邊死後過了一年半的事吧。

我照例哭哭啼啼的，身邊放著威士忌瓶喝著酒，這時聽到倉庫外有人叫我。

「小重，現在方便嗎？」

是姊夫。我急忙擦掉眼淚，沒想到根本沒流多少眼淚。

「是！」

姊夫打開倉庫門看看裡面，皺起粗眉。

「妳為什麼一個人待在這麼暗的地方？」

「我一難過就想喝酒。」

「這我知道，但再怎麼樣也應該哭夠了吧？」

「可是……」

姊夫您不懂。我吞下了這句話，姊夫的下一句話卻讓我很意外。

「難道小重在這個家沒地方能待嗎？」

我心想，啊，原來姊夫都懂。在潺湲亭裡沒有屬於我的地方。另外也有很多對眼睛看著我，讓我不好意思一個人喝酒。姊夫、松子姊、美惠子、女傭也有六、七個。

松子姊雖然是我親姊，但是她沒有寬容到允許我從早就在起居室理喝酒。她也數落過我，「妳一大清早的成什麼樣子！」

「妳就這麼想喝、這麼想哭？」

姊夫的眼神彷彿在觀察我，同情地看著威士忌瓶。我點點頭，他又擔心地說：

「這樣對身體不好啊。再說，我知道阿弘過世了妳難過，可是小重實在哭過頭了。妳才四十三歲不是嗎，看妳最近老得快。是不是有什麼其他原因？」

「沒什麼其他原因。」

這些話讓我很意外。

「不，我看妳大概是心生病了。」

「心生病了？我只是難過而已。」

「我覺得妳難過太久，再說也不能邊喝酒邊哭啊。」

「為什麼？」

「因為這兩者都會上癮。快點找下一個男人吧。」

我一驚，抬頭看著姊夫的臉。姊夫彷彿肩頭一垂，繼續說道：

「小重，妳考慮考慮再婚吧。」

我忘不掉好不容易終於熟悉的田邊，對我說這些也太過分了。

「我不要！」

心裡除了湧起一股怒氣，也有種被看透的恐懼，讓我無法動彈。莫非姊夫知道，我想念田邊的身體？

但我並沒有接受姊夫的提案。真正的我當然並不是什麼貞節烈女，卻想要裝出貞節烈女的樣子。連這一點我都贏不過松子姊。而姊夫也看透了這件事。

3

飲酒是個壞習慣，想戒也戒不掉。

如果想戒，就得先收拾心情，否則是戒不掉的。

那麼，該怎麼樣才能收拾好我愚蠢的心呢？要是真辦得到，我也不會沉溺在酒精裡了。

姊夫對我說「但再怎麼樣也應該哭夠了吧？」意思不是要我別哭，而是要我別再喝那麼多酒。如果我是真的因為傷心而哭，不會有人說這種話。

我想大大方方喝酒，需要「因為難過所以想盡情地哭」這個理由。只要說聲「我又難過了」，拿著酒進倉庫，女傭們只會一臉同情，不會阻止我。我竟然愚蠢地自以為，每個人都相信我這個謊言。

松子姊也曾經警告過我，但是她沒像姊夫說得這麼明白，所以我就繼續裝傻。

一開始喝酒，一切的一切想來都覺得悲哀，眼淚也不停湧出來。

田邊過世，到津山後為了換食物不得不賣掉父母親留下的珍貴和服，留在熱海舊家那些心愛的東西，在東京朝子姊家那段寄人籬下生活的辛酸，對松子姊和姊夫的顧慮，還有寂寞。

從大的悲哀到小的悲哀，從無可挽回的過去到沒有希望的未來，漫無邊際地胡思亂想，想著想著就愈是悲從中來、抽抽噎噎，眼淚也停不下來。

最後我甚至會覺得全世界再也沒有比我更悲哀的女人。

除了我以外的姊妹好像都過得很幸福。兩個姊姊、小妹，其他姊妹的丈夫都還健康而且經濟也寬裕，怎麼偏偏只有自己不但婚期晚，還這麼早變成寡婦？

這些話沒法說給別人聽，不，說了又怎麼樣？我愈想愈覺得人生不公平，怎麼想都覺得自己是全世界最不幸的女人。

不過痛快哭過之後眼淚乾了、心情也爽快了。這時候大約也醉了，步伐搖搖晃晃，開始想唱歌。

接著開始覺得，反正也只能這樣活下去，不然還能怎麼辦？或者自暴自棄地心想，未來如何都無所謂啦；有時會對姊夫和松子姊破口大罵，平常老實安靜的我，醉了之後竟然會變成一個很有攻擊性的人。

因為不想讓人看見自己這麼大的變化，我才躲在倉庫裡喝酒。因為這房子格局的關係，只有倉庫是我能獨處的地方。

「後潺湲亭」裡有姊夫、松子姊、美惠子，通常六、七位女傭，再加上清一和千萬子這對年輕夫妻一起生活，所以除了倉庫以外沒有我能獨處的地方。

或許有人會說，既然成了寡婦，大可一個人生活，但是我出生至今從來不曾獨自生活，要我一個人住實在太寂寞了。

我沒有朋友，也不想交朋友。我還沒像一般人一樣學會怎麼調整自己的心境，就長大成人。谷崎潤一郎和姊姊松子，就是我世界的全部。

而姊夫大概看透了我的懦弱和愚蠢。作家的工作是觀察人，我的懦弱正是最好的餌食。就這一點看來，跟作家一起生活也是件很可怕的事。

姊夫把我寫進小說，又說喜歡我、擾亂我的心，邀我一起住，然後勸我再婚、別再喝酒。我已經完全被姊夫控制在股掌間。

我愛喝酒的習慣或許也讓我跟原本個性就不太合的千萬子關係更加惡劣。本來以為年輕的千萬子不會發現，看來是我太天真了。當人對某樣東西著魔時，一心只想快點獲得這個東西，往往會誤判周圍的情勢。

千萬子比任何人都敏銳，擁有不遜於作家的觀察力，最先識破我愛喝酒的毛病。也可能是家裡的哪個女傭去告的狀。

家裡每個人都很擔心偶爾從早上就開始酗酒的我，也都不喜歡我這個壞習慣。我原本是谷崎潤一郎的珍寶，卻不知不覺中染上污點。

我一直擔心，大家是不是認為我是個污點，酒反而愈喝愈多，也更常躲起來喝酒。

前面說過，潺湲亭最早吃早餐的是早起在書齋工作的姊夫，還有要送丈夫清一出門的千萬子，兩人便會一起在起居室裡用餐。

松子姊、美惠子，還有我在隔著走廊的和室裡睡覺。過十點才會起床梳洗，換好衣服後已經覺得口渴。

我很快換好衣服、走向廚房。

「早。」

打開放在後方的冰箱，在狹窄廚房幹活的女傭們同時望向我。

「早安。」

我知道女傭領班阿初正在使眼色叫大家別看。我迅速抽出啤酒瓶，裝作若無其事地問：

「啊，天氣真熱，口都渴了。開瓶器在哪？」

「在這裡，要準備幾個杯子？」

阿初遞過開瓶器，欲言又止地看著我，但是我避開了她的視線。

「兩個就好。」

剛進來的女傭急忙打開櫥櫃，將兩個玻璃杯放在托盤上。阿初神色自然地將開瓶器放在托盤裡。

「我替您開了拿過去吧？」

年輕女傭這麼說．我揮揮手示意「不用」，拿著啤酒瓶快步走向起居室。我才等不及女傭開瓶再拿來呢。

女傭小跑步跟在我身後，把裝了杯子和開瓶器拖盤放下後離開。

我先偷偷看了和室一眼。正在打扮的松子姊好像還在拖拖拉拉地挑選和服。

和室裡沒看見早就吃完早餐的姊夫和千萬子，矮桌上還放著裝有客人送的哈密瓜和橘子等當季水果的籃子。

我坐在矮桌前，先喝了一杯啤酒。

這是我最幸福的時候。算準了松子姊還不會來，急忙先喝完一瓶。當然我也沒忘記把另一個杯子倒滿。

假如被松子姊看到，我打算裝傻問她：「妳渴不渴？我開了啤酒，姊姊也喝一點吧？」

「您用餐嗎？」

阿初算算時間，來問我們吃飯的事，我若無其事地點點頭。

「好啊，那今天早上吃法式吐司好了。」

「好，那啤酒呢？要不要再拿一瓶來？」

阿初拿著空瓶問道。阿初一定知道這瓶是我一個人喝光的。

「不用了，拿下去吧。」

我不是刻意要湮滅證據，不過不能讓松子姊知道我一大清早就開始啤酒。我喝酒不太會臉紅，所以從外表看不出我已經喝了啤酒。

「好的。」

阿初就像個共犯一樣，匆匆把啤酒瓶放上托盤撤下。這段時間大概只有短短十分鐘左右吧。醒來之後可以先喝一杯，我覺得很滿足。

如果有人問，當時是我不是已經出現酒精依賴症狀，或許是吧。可是千萬子剛來的時候，還只是這個程度而已。

我的酒精依賴症狀最嚴重的時候，是從潺湲亭搬到北白川的家，開始跟千萬子他們一起住之後。

我無處可待。這一點不管在哪裡都一樣，可是過去從來沒有像在北白川家一樣痛苦。因此我只能愈喝愈多。只要喝酒，我就能繼續當我自己。

田邊過世之前曾經對沒生孩子的我建議，「要不要收養個養子，還可以期待含飴弄孫之樂？」

當時我本來以為他是為了要替田邊家留名，但是現在想想，他是擔心留下歲數跟他有一段差距的我一個人生活。

可是等到田邊過世之後我才開始思考，無論如何都得設法防止田邊家斷後。所以我滿腦子都想著要收養養子，繼承田邊的名字。

這份堅持可能跟我成為寡婦也有關係。丈夫先走一步，沒有孩子的我只剩下田邊重子這個名字能證明我結過婚。

領養養子的話，我也可以當別人的婆婆，如果他們夫妻生了孩子，我就是祖母。比起孤零零的田邊重子，當個婆婆、當個祖母對女人來說似乎更有價值。

松子姊是妻子、是母親。將來當清一跟美惠子結婚有了孩子，她就可以成為婆婆、祖母。這讓我很羨慕。冠上婆婆或者祖母的頭銜，心應該能安定一些吧。

沒錯，田邊過世時我才四十二歲，這個年紀當寡婦實在太早。我一邊吶喊著不想被關起來，也同時想把自己關進某些東西之中，心中一直有這股矛盾的感覺在拉扯。

但是留下家名也不可能解決一切。留下來的人接下來得在家這個牢籠中掙扎、痛苦。我也想過無數次，還不如別收養子，索性就在田邊這一代斷後還比較乾脆利落。

如果千萬子是我親生兒子的妻子，或許我對她的感情又會不同。可是，在這對說白了只為了留下家名而答應受認養的養子夫妻，跟想與他們建立起信任關係的我之間，有著相當大的鴻溝。

千萬子嫁進來時二十一歲，我四十三歲。我這時才終於快要了解身為女人的功績是什麼，開始慢慢認識男人這種生物。而且還拚命地隱瞞自己的酗酒習慣。

前面說過許多次，千萬子是日本畫家本橋壽雪老師的孫女。正因為她比任何人都聰明漂亮，架子也特別大。

我跟千萬子嫌隙如此之深，不只是因為姊夫格外關照、疼愛千萬子，或許是因為千萬子才二十一歲，竟然已經知道如何調整心境。

我跟千萬子有過數不清的摩擦，但最嚴重的是跟戶籍有關的那一次。

我丈夫田邊在昭和二十四年十月過世。

跟姊夫他們商量後決定收養清一作為養子，是在昭和二十六年一月。清一和千萬子在這年五月結婚。

我一直以為，千萬子是以田邊家的媳婦身分入籍，也就是千萬子是田邊家媳婦。年輕夫妻在昭和二十八年生了孩子。當時我看到出生證明資料，發現他們登記了新戶籍，驚訝得瞠目結舌。

那個新戶籍排除了我，裡面沒有田邊重子這個人，只有改姓田邊的清一和他的妻子千萬子，以及孩子的名字。

田邊清一和千萬子一家繼承了田邊弘的家名當養子，但是這家的主人田邊弘和我的名字卻沒有記載在任何地方。

一想到我被他們排除在外就相當沮喪，馬上去找松子姊抱怨。

「姊姊，看了戶籍抄本之後發現根本沒有我的名字。怎麼會這樣？我收了養子，卻被排除在外，這麼一來我根本本利全失啊。」

「這太奇怪了吧？」

松子姊也覺得不解，那天晚上她馬上告訴姊夫。姊夫叫來清一詢問事情經過，引發了一陣騷動。

「媽，我有話跟您說。」

隔天早上，千萬子馬上到潺湲亭的主屋來。應該是清一要她來的吧。

「我聽阿清說，他被姨丈罵了。可是我們並沒有要排除媽的意思。」

「是嗎？」

我很怕面對能思路清晰說出自己意見的千萬子，很快就退縮了。但千萬子依然直盯著我，視線堅決。

「是的。昭和二十三年戶籍法就修訂過了。從那時候開始戶籍就跟本家無關，改以夫妻為單位登記，您知道嗎？」

我無法回答。總覺得她的意思就是在說我是陳習舊規，又覺得好像踐踏了田邊為了我提議收養子的一片心意，只覺得氣悶。

4

「松子夫人跟重子夫人感情這麼好，兩位從沒有鬧翻過嗎？」曾經有人這麼問過我。是誰問了這個問題呢？

可能是經常出入潺湲亭，久而久之臉皮稍微厚了起來的中央公論資深編輯，也可是姊夫最近新聘的祕書，那個好奇心旺盛的女人，又或者是某個說話沒大沒小、自以為是的新來女傭。

雖說成了寡婦，但當時我才四十三歲，長我四歲的松子姊四十七歲，大我二十一歲的谷崎六十四歲。還稱不上老人的我們同住在一個屋簷下，或許也有人覺得好奇。

我不會說我們從來沒翻臉過。畢竟是姊妹，吵架是常有的事。

從和服圖案的美醜到享用禮品的順序，甚至連對女傭的評價、對賣貨郎聲音的好惡等等，總是有意見不合的時候，也有雙方各持一詞、大吵到僵持不下的情況。

這時候我總是會先安靜退讓。並不是因為松子姊比我年長，或者因為我寄人籬下的緣故。

因為松子姊那不經意展露的自信戰勝了我。

松子姊是文豪谷崎畢生唯一發自內心深愛的女人。這養成她強烈的自信，因此松子姊的情緒總是平穩安定，像個女演員般綻放微笑，絕對不讓人看透她的心思。

所以從來沒有人會問：「松子夫人會不會嫉妒重子夫人？」

可是《細雪》的讀者，似乎有很多人都有這種妄想，以為谷崎真心喜歡的不是松子、而是重子。

的確，在寫《細雪》時姊夫經常注意我。我也覺得他試圖在我身上找出松子姊所沒有的魅力。

可是現在想想，其實沒有人能真正了解姊夫的內心深處。因為寫小說時的姊夫完全沉浸在那個世界裡，那時的他看似是姊夫、卻又不是姊夫。

聽起來或許不太好理解，其實我們只是看著姊夫的幻影罷了。姊夫本身已經被小說毒侵蝕，根本不在那裡。

小說毒除了姊夫之外，也會侵蝕他身邊的人。姊夫埋頭在一部作品中時，我們就得拚命保持平靜。

而他的妻子松子姊最擅長保持平靜，因為松子姊自己就經常出現在姊夫的小說裡。她早就已經放棄對小說內容，或者對正在寫小說的姊夫感到心煩意亂。

她之所以辦得到，也都是因為感受到姊夫強烈的愛。受到男人深愛的自信，很輕易就能安頓女人的心。

不過自從千萬子來了之後，松子姊的心漸漸開始出現波紋。松子姊很害怕姊夫的心轉移到千萬子身上。松子姊龐大的自信，受到一個年僅二十一歲的少婦威脅。

「小重，妳有沒有聽到那個人在跟千萬講什麼？」

一天早上，有人靜靜拉開紙門，松子姊探頭進我睡覺的地方。我嚇了一跳瞬間清醒。看看枕邊的鐘，才早上七點多。

松子姊還穿著睡衣，轉動著那張蒼白的臉，用下巴指了指走廊另一邊的起居室。她還沒化妝、一頭亂髮，看起來就跟個老太婆似的。身為妹妹的我也忍不住別開眼。

起居室傳來刀叉康啷碰撞的聲音還有窸窸窣窣說話的聲音。大清早進書齋工作了一陣子的姊夫，和送清一出門後的千萬子兩人正在吃早餐。

「聽不到啦。」

我覺得很不可思議，松子姊到底在在意什麼？忍不住看看起居室那邊。姊夫低沉的聲音傳來，還聽到了千萬子的笑聲。

「妳假裝去解手，聽聽看他們在說什麼。」

「為什麼？妳自己去不就得了。」

松子姊急忙阻止，說我聲音太大。

「噓！我不想被發現我在意這件事。再說，如果我經過，他一定會停下不再講。」

拗不過她，我只好起床，慢慢拉開紙門。敞開的起居室傳出炒蛋的味道，另外還有紅茶的香味。

我去解手的路上，不經意地走在走廊邊緣豎起耳朵。千萬子一直說個不停，應該是在講法國電影吧。姊夫很感興趣地問：

「這故事真有趣。原作是誰？」

「我去查查看。」

千萬子說話總是很簡潔。面對谷崎潤一郎，她也毫不畏怯地對等說話，這或許讓姊夫覺得很新鮮吧。

「千萬懂得怎麼查嗎？」

「我可以去問朋友啊。」

「那我請妳吃牛排答謝吧。」

「哎呀，那請帶我去神戶吧。」

「好主意。」

千萬子的聲音聽起來很正常，但姊夫的聲音卻明顯地拉高。這讓我大受衝擊。姊夫此時的音調比跟我們姊妹講話時明顯地更高昂，可以看出他很享受跟年輕千萬子聊天。

大概是發現我站在外面，千萬子刻意地乾咳了幾聲，我急忙回到寢室。

「他們在說什麼？」

「在聊電影。」

「聊得很開心？」

「是啊。」

聊得很開心？說這句話時松子姊的側臉浮現出焦躁的神色。

「感覺有點奇怪。」

「怎麼個奇怪法?」

「他最近老是在意別館的動靜。」

「是嗎?」我故意裝作沒發現。

大家都知道，我跟心高氣傲的千萬子完全合不來。但是我原本以為清一的親生母親松子姊因為中間隔了我，跟千萬子應該處得不錯，所以現在看到松子姊的焦急讓我很驚訝。

「他偷偷給了千萬零用錢呢。」

松子姊攏著睡衣前襟，嘆著氣這麼說。

「真的嗎?」

「真的啊。上次在院子裡擦身而過時，他偷偷塞了一個信封樣子的東西過去。」

「那千萬怎麼反應?」

「理所當然地收下了啊。別看那孩子那個樣子，其實還挺厚臉皮的呢。」

「給年輕媳婦零用錢也沒什麼奇怪的吧。」

我並不想替千萬子說話，但是為了平息松子姊的情緒，特意說得一派輕鬆。

「也對。但是上次叫和服店來的時候，他還交代也給千萬子做一件。那時千萬表現得有點難為情，我就覺得奇怪。再說，他們每天早上都兩個人單獨吃飯，不是有點容不得其他人進去的感覺嗎?有一次我起來解手，那時候我說了聲『早』，他看到我，竟然有一瞬間皺起眉頭，好像被打擾了一樣。」

「是妳多心了吧？」

那時候我還半信半疑。雖然不是不懂松子姊的擔憂，但再怎麼說姊夫六十四歲，而千萬子才二十一歲，根本是祖孫之差，年紀也差太多了。

千萬子這個人，我看起來也覺得自以為是、一點也不可愛，經常讓人惱火極了，但我萬萬沒想到她會奪走姊夫的心。

一旦起了疑，證據就會接二連三送進眼裡。我和松子姊又開始有了新的煩惱。

不過我跟松子姊也經常有需要依賴年輕千萬子的地方。例如去百貨公司買東西，還有去看電影的時候，多半都會帶著千萬子去。

因為千萬子做事伶俐，帶在身邊很方便——招計程車、告知去處，替大家拿東西、到餐廳占位子。

對年輕的千萬子來說，陪著我們兩個中年女人、不，在她看來應該是老女人了，應該厭煩透頂。不過她可能告訴自己，要以工作的心態來面對吧，總是利落地處理事情，也會說出自己的看法。

到百貨公司買東西時，她看到商品也會給意見。

「這件美惠子穿了應該很適合。」

那是一件胸前有刺繡的優雅開襟衫。我們平常不穿，所以不怎麼懂年輕女孩的洋裝。

聽千萬子這麼一說也覺得很有道理。美惠子個性樸實嫻靜，愛穿有蕾絲和荷葉邊的衣服。

相反地，千萬子很早就穿起黑色高領毛衣，還有那種像滑雪褲般的長褲，那是一身含蓄的美惠子模仿不來的瀟灑打扮。姊夫大概也喜歡她這一點吧。

「小重，妳去買下吧。」

松子姊把我叫到暗處交代。我偷偷回到賣場，替美惠子買下那件開襟衫。之後我聽說千萬子說：「如果當場買開襟衫給美惠子，就得連我的份也買，所以才偷偷回去買。」

我聽了很不愉快。美惠子是松子姊的女兒，我也向來很疼愛她。我偷偷回去買不是因為不想買給千萬子，而是只買給美惠子，覺得有些歉疚。

畢竟千萬子隨時隨地都可以買自己喜歡的東西，想要的東西只要開口，松子姊也會買給她。她那樣說好像我們對她吝嗇，相當沒禮貌。

千萬子懷孕的時候，松子姊有點安心，似乎覺得姊夫或許會稍微收斂一些。我終於可以當上期待已久的「祖母」，又能生下田邊的繼承人，原本應該要更開心，但出乎意料地，我一點也興奮不起來。

昭和二十八年，千萬子生下一個可愛的女兒。姊夫相當高興，給她取了乃悠璃這個美麗的名字。既然是可愛的女孩，他便希望可以加入這個家族。男人只要有姊夫一個人就夠了。這個孫女雖然沒有血緣關係，但是姊夫百般疼愛，甚至到了溺愛的地步。或許因為是千萬子的孩子吧。而且藉著看乃悠璃之名，姊夫跟千萬子的距離又更加接近了。

姊夫、松子姊和我三個人的關係也有了改變。我才四十多歲，松子姊剛進入五字頭，可是我們都成為年幼乃悠璃的「婆婆」。

松子姊是大婆婆、我是小婆婆，千萬子的母親、山伏醫院的院長夫人是菸草婆婆。說到累積女人的功績，現在已經進入千萬子獨擅勝場的時代了。

昭和三十年，清一、千萬子、乃悠璃，還有我四個人，搬到北白川新蓋的房子。我跟田邊原先切切期盼，能繼承田邊家的新家族，終於獨立了。

隔年年底，健康狀況不好的姊夫決心離開酷暑嚴寒的京都，賣掉潺湲亭。數年前他已經在熱海伊豆山置產，終於不必再來往兩地，告別住了七年半左右的「後潺湲亭」。原本就跟姊夫交情不錯的「日新電機」這間公司，約定好維持屋子原樣，買下了潺湲亭。

買下「後潺湲亭」時，身體還健康的田邊曾經大讚：「真是座好屋子。」因此對我來說這種也有很多回憶，要跟潺湲亭告別，實在很難過。

不，與其跟潺湲亭告別，我更難過的是要跟姊夫和松子姊分開，在北白川家跟千萬子他們同住。之前也說過，北白川家沒有我容身之處，我老是像逃難一樣逃到伊豆山。但姊夫的心思總留在千萬子跟乃悠璃身上。真是諷刺。

5

清一和千萬子在北白川的家，位於左京區北白川宮住居舊址的崖下。

聽說這裡以前是北白川宮馬廄的地點。大概也是因為這樣，在仕伏町公車站下車後，過了御殿橋這道小橋再往上，道路是還沒有鋪上柏油的凹凸道路。家裡望出去的風景很美，遠處可以看到愛宕山，但是我非常不喜歡爬坡。

姊夫來京都時也會來同住，但是他一樣爬坡爬得很辛苦。可是對清一和千萬子來說好像一點也不累。他們都還年輕，再加上終於脫離潺湲亭困窘的生活，可能正覺得鬆了一口氣吧。

潺湲亭在六百坪的土地上聚集了主屋、書齋、洋館、倉庫、別館等建築物，有姊夫夫婦、美惠子、我、女傭六、七人等一大批人住在一起，就算居住在別館，清一他們夫妻一定也會覺得憋屈。

北白川的家是日式風格，但廚房和起居室打通改建成西式，千萬子把這裡叫做客廳。從客廳南側露台可以直接走出庭院，更顯得時尚。

院子有徐緩的坡度，大小約五、六十坪，鋪滿了草坪，日照很好，聽說千萬子一眼看到這院子就喜歡上了。

「決定住在這裡，也是因為喜歡這個院子。」她這麼對姊夫說明。

她讓剛滿兩歲的女兒在院子裡的草地玩耍，有時會邀請朋友在這裡舉辦所謂的烤肉派對。

住在潺湲亭時，庭園是供鑑賞的對象，所以也不能疏於打理。擁有美麗庭院的喜悅，也會伴隨著得保持庭院美麗的痛苦。

田邊認為，正因為如此，園藝家必須能提出足以讓屋主滿意的主張。姊夫也持相同意見，深深愛著潺湲亭和這裡的庭院。

可是千萬子的想法完全相反。她覺得院子是放鬆、玩樂的地方，並不是用來鑑賞的。原本一時興起打造了有芍藥和薔薇盛放的美麗花壇，但是過了一陣子那裡已經野草叢生。

我實在跟不上她隨性自由的生活態度。

同樣出身京阪，生長年代不同，想法也大不相同。

松子姊和我出生在大阪的船場。我們講究打扮、熱愛吟歌，享受各個季節的不同樂趣，也喜歡能劇和歌舞伎。可是千萬子喜愛的娛樂跟我們完全不同。她擅長英文，喜歡讀翻譯推理小說，經常去欣賞西畫，熱愛滑雪和跳舞，是個活潑的女孩。

該有的和服千萬子的母親山伏醫院院長夫人也都替她準備好了，但她日常生活通常都穿洋裝。而且還不是美惠子穿的那種優雅連身洋裝或者裙子，都是些像男裝似的長褲、低調的深色裙子。

和服只有去看戲或者隆重的餐會時才穿。有一次要去參加出版紀念宴會，她問我：「該穿什麼去才好？」我回答她：「穿妳喜歡的就行了。」

我不是故意刁難他，是因為我認為千萬子既然討厭表面形式，那她穿什麼應該都無所謂。可是在那之後她再也沒有問過我，千萬子自己大概也察覺了些什麼吧。

山伏醫院的院長夫人節子太太跟松子姊從以前就認識，我不可能故意欺負節子太太的女兒千萬子，但我深深覺得，婆媳之間的關係真是複雜。

我和松子姊叫來和服店，替美惠子訂做新和服時，千萬子也不會露出羨慕的神色。她可能也賭氣覺得一、兩件和服大可請娘家訂做，但是她這樣子，實在不惹人疼愛。

我想松子姊對於不接受自己價值觀的千萬子，內心一定也覺得很煩躁吧？當然我也是一樣。

美惠子是個老實的女孩，從來不曾違抗松子姊。從念書的學校到穿的衣服，事事都照松子姊說的做。

雖然只跟美惠子差一歲，但千萬子的個性一點都不坦率。我也知道她暗自輕視我們，覺得我們想法老派。老實說，我也不止一次覺得這孩子真是可恨。

但是姊夫非常喜歡新風格新時代，他也強烈希望能更了解千萬子的感覺和想法、獲得刺激。

松子姊向來很驕傲，認為是自己給了姊夫藝術上的刺激，才讓他創造出傑作，所以關於這一點她應該也很嫉妒千萬子吧。

我身為松子姊的對照，松子姊可以當作觀察自己不同角度的影子來看待我，但千萬子完全不同。千萬子這個女人，是以往從沒想像過的嶄新種類。

既然田邊家收養了清一和千萬子，我就得跟他們一起生活。但我跟千萬子事事樣樣都合不來。

千萬子在浴室裡裝了一個叫「淋浴設備」的東西，我最喜歡燒柴的傳統熱水澡。但是只要稍微提到這件事，就說不過千萬子。

「淋浴那種東西會弄得熱水到處都是，打掃不會很麻煩嗎？」

「媽，您討厭淋浴嗎？但您不是也不喜歡洗澡嗎？」

千萬子一邊將散落的玩具撿回藤籃裡，頭也沒抬地說。

「什麼意思？我沒說過我不喜歡啊。」

我小心提防，不知千萬子下一句會說出什麼。

「在潺湲亭時您總是說好麻煩、待會再說，最後都沒洗啊。」

這時我才覺得，沒想到千萬子觀察得還挺仔細的。

「是嗎？」

我滿臉苦笑。

潺湲亭主屋的浴室既小又暗，我跟松子姊都不喜歡。不是討厭洗澡，是討厭潺湲亭的浴室。

不管女傭再怎麼打掃，還是會有蛞蝓躲在澡堂角落，而且會長黴菌；若冬天風從縫隙裡吹進來，也沒法在浴室待太長時間。所以我們平時生活盡量不流汗，盡量減少洗澡需要。

「媽，淋浴就輕鬆多了，可以很快沖掉汗水呢。」

「是嗎？」

一抬眼，可以看到千萬子臉上寫著嫌惡。原來如此，年輕的千萬子覺得松子姊跟我很髒呢。千萬子那誠實的表情讓我很受傷。

生活在一起很容易因為一點小事有疙瘩。

有一次我吃晚餐時，站起來想拿醬油瓶。我繞過桌邊，從千萬子背後伸出手，結果千萬子立刻不客氣地說：

「媽，您要拿醬油可以說一聲啊。」

「不要緊，我可以自己來。」

回座後將醬油倒進小盤，我又站起來想放回去，這時千萬子伸手拿走醬油瓶。

「媽，我不是說了您不用特地站起來嗎？」

「那妳也犯不著這個表情吧。」

「對不起，我不是不高興。在國外大家都會說『pass me salt please』，請附近的人幫忙拿。吃飯的時候站起來是沒有禮貌的。」

這裡又不是國外，對我這個長輩說這些話才叫沒禮貌吧？我只是不想麻煩千萬子而已。我這個人個性低調，不管做什麼都不希望引人注目，所以事事都習慣自己了來，如此而已。

吃飯時，如果姊夫或松子姊在，就算我從背後繞去拿醬油瓶，我看千萬子應該也不會說什麼吧。

我是不是被千萬子欺負了？想到這裡，我就忍不住想痛罵這個連媳婦也罵不了的沒用自己。

大概是因為這樣。搬到北白川家後，為了排憂解悶，我的酒量變得更好了。

知道我偷偷喝酒，千萬子臉上又浮現出責備我不洗澡時一樣的表情。

「媽，媽。」

倉庫那裡傳來叫聲，我走過去一看，她板著臉問我：

「媽，您知道放在這邊的白蘭地在哪嗎？」

「這我不清楚。」

「真的不知道嗎？」千萬子繼續追問。

「還真嚇人呢。」我內心覺得煩，搖了搖頭。這時她露出死心的表情。

「我放在這裡，本來想拿去送人的，到底怎麼了？難不成是被老鼠拉走了？」

「大概是吧。」

千萬子多半知道是我在房間裡偷偷喝了從倉庫拿走的白蘭地。我故意裝傻，但是漸漸地也開始想相信其實真的被老鼠拉走了。人常說狗急跳牆，被逼到絕處、無處可去之後，也只好豁出去了。

此外，就算家裡有客人，千萬子打開冰箱還是會故意誇張地大聲叫喊。

「奇怪了，怎麼一瓶啤酒都沒有，到底怎麼了？媽，您知道嗎？」

我偏著頭佯裝不知，內心覺得這個讓我在客人面前出醜的媳婦真是可惡至極。

久而久之，我連這些事都忘了，只費心想著該怎麼弄到酒精。什麼喝的都沒有時，我喉嚨渴得快死了。不過又懶得爬下坡道去買酒。

這種時候我就會馬上回潺湲亭（直到昭和三十一年年底，姊夫夫婦都還往來於熱海和潺湲亭之間），姊夫他們住在熱海別墅時我就會去那裡避難。

千萬子不喜歡家裡有女傭。北白川家後面是山，晚上特別冷清，常常讓人覺得寂寞。姊夫頻頻交代，「不能只有一個人待著」，想派個女傭過來，但千萬子堅持不要，就是不答應。她的理由是「不想讓外人進家裡」。聽到這句話時我心裡一驚。喔，原來我對千萬子來說也是外人。我終於了解，儘管我是婆婆，千萬子在自己的生活裡依然不希望有外人存在。我受的是戰前的舊教育，所以總認為只要出嫁，就該為了夫家工作、為夫家生孩子、為夫家而活。

這當然也意味著侍奉丈夫的雙親，全心奉獻。不過我自己結婚時田邊父母親已經不在人世。

千萬子的家庭觀跟我完全不同。她認為父親、母親、孩子，無需被傳統家庭意識束縛，應該獨立經營家庭。儘管之前已經隱約察覺，但這對我來說還是衝擊很大。

當我因為新戶籍中沒有我而發怒，其實也是因為從戶籍上再次確認了清一和千萬子的新家庭觀中並不包含我這個婆婆，而惱羞成怒。

年底姊夫賣了潺湲亭，決定長住熱海，我急忙去拜託松子姊。

「求求妳，也讓我跟你們一起去那裡住吧。」

「怎麼了？」

儘管只有短短一瞬間，但松子姊臉上顯得有些困惑。

「我跟千萬處不來啊。」

「話是沒錯，但家裡還有乃悠璃，應該也需要人幫忙吧？小重，妳要不要多忍耐點？」

我很意外，看來松子姊並不希望我跟他們一起住在熱海。

「已經不行了。千萬不喜歡有外人在家。」

「妳怎麼是外人呢？妳可是她婆婆啊。」

「妳幫幫我吧。」

我做出膜拜的姿勢。

「好啊，真這麼想來就來吧。我會跟他說的。」

「謝謝了。」

我覺得很奇怪，本來以為松子姊會跟平常一樣，二話不說地答應，「好啊，那妳過來吧！」這次為什麼不希望我去？

6

如果是以前的松子姊，總是會頻頻說：「小重願意來真是幫了大忙。」表示很依賴我的家事管理能力。

這樣的變化到底出於什麼原因呢？

姊夫家裡除了編輯以外，內外來客不斷，身為他的太太除了要經常注意自己穿著，還得隨時打點姊夫身邊大小事。另外還要決定三餐菜單、準備酒類、指揮女傭等等，總是有做不完的工作。

「什麼嘛，真是難過。我本來以為過去可以幫妳忙的。」

聽到我一臉不滿地抱怨，松子姊若有所思地別過臉。過了好一會兒，她才難以啟齒地噘起豐潤的嘴唇。

「比起這個，我更希望妳跟千萬住在一起，有事想拜託妳。」

「做什麼？」

「我希望妳去監視。」

這兩個字實在出乎我意料，我驚訝地反問：

「監視？監視誰？」

「當然是千萬跟他啊。」

也就是說，松子姊懷疑姊夫跟千萬子的關係。

松子姊認為，如果我住在千萬子家，那麼姊夫去住的時候，他們也不能亂來，也可以知道兩人平常聯絡的情況。

「阿清不是在嗎？」

「但是他們最近感情不太好啊。」

松子姊皺起眉。

「怎麼，妳的意思是要我當探子？」

我半開玩笑地說，松子姊揪著我的袖子說：「噓！」環視周圍一圈，好像是在意女傭會偷聽。

「這種事不要說這麼大聲，傳進別人耳裡多難聽。」

「話是沒錯。但是姊夫跟千萬怎麼可能有什麼呢？」

「不，我不是指身體上的關係。」

松子姊說得很直接。這話讓我聽了不禁漲紅臉。

「喔，那妳擔心什麼？」

「他已經不能有夫妻生活，我擔心的不是身體的關係，問題在於心。我看得出來，他的魂已經被千萬勾走了。」
「被勾走了魂?明明有松子姊在?」
「我可能已經功成身退了。」
「怎麼可能。」
我頓時語塞。世上唯有姊夫不可能這樣。對姊夫來說最重要的應該是松子姊。
而第二重要的就是我。對，松子姊跟我是兩人一組，姊夫最重視的女人，這是理所當然、眾所周知的事實。
但現在這番自信卻徹底被顛覆。我終於可以了解松子姊的不安和焦躁。
「再怎麼說，姊夫也不至於被千萬弄得神魂顛倒去騙姊姊啊。」
「不，妳不懂。妳看過他在《中央公論》上的連載《鑰匙》了嗎?」
「還沒有。」
我搖搖頭。又是小說。沒錯，姊夫的心境變化總是反應在作品上。
「一月份刊了第一回，讀了之後我開始有點怕他。」
向來處變不驚，宛如女演員般泰然自若的松子姊皺起眉頭這麼說。
「為什麼?」
「因為我發現，身為女人的我日漸衰老，但是他剛好相反，熱情正盛，我覺得已經跟不上他了。我不認為他會拋棄我，但會漸漸疏遠。我萬萬沒想到會面對這樣的老年。所以覺得害怕。」

松子姊很老實也很率直。她的眼中甚至浮現了淚水。

「姊夫這次寫的是千萬？」

「這我不知道。可能是千萬，也可能是其他人。但我可以確定，他現在確實被什麼東西迷住了。」

「是乃悠璃吧？」

松子姊用力搖頭。

「不，不只是乃悠璃。是乃悠璃所象徵的可愛。而我已經進不了那個世界了。」

「這，聽起來很難辦哪。」

我只能傻笑，但松子姊笑不出來，皺著眉頭，表情很難看。

「總之妳讀讀看。」

松子姊把一月份的《中央公論》塞給我，站起來快步走出房間。我拿著雜誌走到明亮的窗邊，翻開頁面。

一開始讀，我馬上就感受到衝擊。這跟姊夫過去的小說味道完全不同。

書裡設定主角大學教授五十六歲、妻子郁子四十五歲。夫妻兩人各自寫日記，藉由故意讓對方看自己的日記，引發他們的性高潮，是個奇怪的故事。

主角患有高血壓。姊夫因為高血壓看過醫生，所以對於病狀和治療知識相當清楚。他把這些豐富知識和經驗活用在主角的描寫上。所以看起來主角似乎是姊夫，可是又有點不同。

因為裡面有些讓我看了心頭一驚的描寫。

比方說這一段，主角拿下眼鏡的臉就像「鋁一樣光滑溜溜」，令人覺得可怕，連妻子都要別過眼去。文章裡寫道妻子不僅是不喜歡，更覺得「發毛」、無法直視。

讀到這裡，我心想，這寫的該不會是田邊跟我吧？提到我們結婚生活時，我應該說過田邊裝的是全口假牙。

田邊拿掉假牙後，看起來就像換了個人，立刻變成年邁的老爺爺，就好像打開寶盒的浦島太郎一樣。這種戲劇性的變化跟拿下眼鏡可不能比。

田邊拿掉假牙時，變化之大讓我非常害怕，我還曾經因此在房間裡逃竄。這件事我跟松子姊說過。

松子姊應該也把我的事告訴了姊夫。如果直接照寫，會被發現是田邊，所以姊夫才把假牙換成眼鏡吧。

這麼一來，故事裡的郁子就是我。其實裡面也有一段讓我很在意的描述。郁子有個「特技」，她一喝酒，洗澡時就會失去意識。

我曾經因為喝過頭，在浴室昏倒過好多次。每次姊夫、松子姊、女傭們都得齊力把赤裸的我一起從浴池中拉起，用毛巾和毯子包起來，放回被墊上。喝酒之後不省人事的郁子，這種醉法無疑是以我為範本。

從《細雪》之後已經過了十多年。我沒想過姊夫會再次把我寫進小說裡，除了驚訝，內心也有點雀躍。

成為作品原型確實有點難為情，但是可以成為舉世注目的焦點。讀者會做出各種自由想像，憧憬書中的角色，學者也會開始研究我這個女人。《細雪》時的現象將會再次發生。

身為妻子卻受到丈夫激烈引誘，還熱衷於日記這個遊戲的郁子是個惡妻。但是，到哪裡去找如此聰明又有魅力的惡妻呢？

姊夫到底在我身上追求什麼？我懷抱著陶陶然的心情，很想繼續讀下去。

我拿著《中央公論》，來到正在起居室暖桌裡讀著早報的松子姊身邊。

「姊姊，我讀了。」

松子姊迅速環顧四周，抽回雜誌藏在座墊下。

「不能這樣大大方方拿來。這是我從他書齋偷偷拿出來的。」

姊夫有事到東京的中央公論社，跟來迎接的編輯一起出去了。

「對不起。」

能進姊夫書齋的只有松子姊一個人，而且能看文件盒內容的也只有松子姊。

「我讀過了，但是裡面沒有寫到千萬啊。」

寫的應該是我吧？後半句的台詞我當然沒說出來。於是松子姊搖搖頭。

「裡面有個叫敏子的女兒。一開始以為是美惠子，但美惠子是個乖孩子，不像文章裡寫的那種叫人猜不透的女孩吧？仔細讀了之後，總覺得這孩子讓人討厭。所以我就想，該不會寫的是千萬吧！」

郁子的女兒敏子年輕卻冷靜，從旁觀察著郁子和主角奇怪的夫妻生活。的確，敏子這個女孩的存在很奇怪，跟姊夫以往的小說不太一樣。

「這麼討人厭的女孩，除了千萬還會有誰？」

松子姊說完苦笑了起來。我因為覺得郁子寫的是自己，不知該怎麼回話，只能曖昧地點頭。

但是在四月第二回連載刊出之後，引發了世間一陣騷動。大家議論紛紛，《鑰匙》的內容是否太過猥褻。後來在國會甚至對於《鑰匙》是藝術還是猥褻有了一場論戰，姊夫很可能被國會傳喚。

姊夫是獨一無二的偉大作家，世間卻把他說成醜聞纏身的寫手。傳聞中以千代夫人的妹妹聖子為原型所寫的《痴人之愛》面世時，大家也說得好像姊夫也做了同樣的事。「讓妻事件」更是被描述得像惡魔一樣。千代夫人被批評得更是嚴重。

這一切都是因為姊夫不畏禁忌，書寫出男女之間許多愛情的形式。而世間總是把作品和作家同一而論，意見不斷，一旦提到國會上被討論，確實也讓姊夫創作意願減退，消沉了好一陣子。

其實我讀第二回的時候也不禁羞紅了臉。文章裡有一段郁子喝醉失去意識後，丈夫望著妻子裸體的露骨場面。

莫非我在浴室失去意識時，姊夫也想這麼做？還是這其實真正發生過？不可能、不會的。

試著想像小說裡的情景，我幾乎難受到窒息，最後開始瘋狂渴望姊夫。原來姊夫這麼把我放在心上，我不禁有股柔軟的心情。

是的，我知道，這當然都是我的妄想。因為我是跟作家一起生活，是松子的妹妹。田邊死後我活得像是松子的陰影。而現在連媳婦千萬子也看不起我這個老是喝醉的婆婆。

像姊夫這樣的大作家，卻願意認可如此懦弱的我。光是這個事實就可以讓我又生出活力。

當時《週刊新潮》剛創刊，姊夫又開始寫新的連載。那是一篇以京都老字號和服批發商千枝夫人為原型的作品《鴨東綺譚》，而千枝夫人本人提出了抱怨，並不希望自己被寫進這種作品中，說她想像的是像《細雪》那樣的作品，連載因而中斷。在猥褻論戰之後，姊夫再次面臨一段時運不濟的時期。

我很看不起千枝夫人。假如是我，一定樂意作為作品的原型。自從《細雪》發表以來，我不再只是重子，同時也是雪子。但是現在我也是《鑰匙》裡的郁子。我真想對千枝夫人這麼說。

小說和真實人生不同，但是又何妨有受到小說影響的人生呢？不，假如是精采的小說，真實人生能被精采的小說給吸收，那才更好。

「姊夫，這可能不是我該插嘴的話，不過《鑰匙》真是有趣。您別在意外面那些聲音，請儘管寫下去吧。」

吃完晚餐後，我趁松子姊不在，小聲對姊夫這麼說。

姊夫有一瞬間驚訝地看著我，但什麼也沒說。他可能不太高興，向來不對作品有意見的重子，說什麼閒話？

或者他是覺得驚訝，我發現了自己是故事角色的原型。不過我只是想給姊夫打打氣。

姊夫還是不說話，氣氛有點尷尬。

我開始擔心，是不是不該這麼自以為是地評論作品，這時姊夫突然拿起紫檀桌上的兩合酒壺。

「酒還有剩呢。小重，還要再喝一點嗎？」

「好啊，謝謝。」

我鬆了一口氣，兩手拿起花稍的九谷燒酒杯。姊夫就是有這種溫柔的地方。他自己高血壓不太喝酒，但是發現我有煩惱，他就會有這些貼心舉動。

「這麼小的杯子小重應該喝不夠吧？」

姊夫一邊倒酒一邊開玩笑，我也笑著回他道：

「您在說什麼？這杯子已經挺大的。」

九谷燒酒杯是姊夫住在金澤的朋友送的。對方特別燒製的酒杯跟普通的不同，大了一圈，可以裝不少酒。

我也替姊夫斟酒，兩人舉起杯，一邊回看門口，等松子姊回來。

但松子姊好像有事找美惠子商量，去了美惠子的房間後就沒回來。

再等下去也不是辦法，我們兩人在桌前面對面，先拿起酒杯喝了。熱酒冷掉了，喝來反而更順口。

「要再熱熱嗎？」

來收拾碗盤的兩個女傭拿著托盤問我。

「我覺得這樣也挺好喝。姊夫您覺得呢？」

「不用不用，就這樣吧。」

姊夫性子急，他不耐地揮揮手。

「酒妳們不用管，先收拾那邊吧。」

我要女傭先撤下餐具。

「好。要不要準備什麼下酒菜？」

「姊夫呢？要吃些什麼嗎？」

聽我這麼問，姊夫誇張地摸著他的圓肚子。

「我已經吃很飽了。」

「好，那就只喝酒吧。」

女傭們迅速收拾掉餐具，把桌子擦乾淨之後離開。桌上只留著放在筒中的兩合酒壺和我們的酒杯。女傭們也體貼地留下了松子姊的酒杯。

7

很久沒有跟姊夫對飲了。我一開心，不禁仰頭飲盡。放下酒杯後，姊夫立刻又幫我斟滿酒，同時擔心地勸我。

「小重，妳別喝太多啊，妳一喝就容易昏倒。要扛妳可不容易呢。」

「姊夫，關於這件事，《鑰匙》裡那個太太的醉態，該不會是參考了我的醉法吧？」

我大膽地問，姊夫咧嘴一笑。

「我看過很多女人的醉態，不過小重的最豪爽。」

「果然沒錯，真是丟人。」

我用手摀著臉頰，姊夫拿起酒杯就口，低聲說：

「就算寫的是妳，也不過是借用些動作、習慣之類的地方而已。妳不用太在意。」

「但那也是我喝酒的習慣啊，好難為情啊。」

我又說了一次，姊夫認真地回答我。

「不不不。那只是參考了小重的醉法投影在主角身上而已，我並不是在寫小重。」

「可是是我的習慣哪。」

姊夫睜大了眼睛，就好像在說，這個人為什麼就是講不聽。

「我只是借用了妳的習慣哪。」

「姊夫，我不是小氣不肯讓您寫。只是覺得自己真正有過的行為被寫成文字覺得很丟臉。所以我雖然知道主角不是自己，卻也忍不住覺得好像是自己。」

「原來如此。這我倒沒想過。」姊夫把酒杯放在桌上，雙手揣在胸前。「小說家這種人，會在作品裡捏造出人物。所以小說家所寫的人物終究只是活在作品裡的人，絕對不是真實的人。」

「這我知道。」我忍不住回嘴。「姊夫說得沒錯，我也相當清楚，但是我忍不住會想，原來我在姊夫眼中就是這個樣子？這想法誰也無法阻止。」

「無法阻止啊。」

姊夫故意學我說話，然後苦笑了起來。

「但是話雖如此，千枝夫人那件事我真不敢相信。她是哪裡有問題？怎麼會有那種反應呢？真是什麼都不懂。」

我換了個話題。千枝夫人自己找上門，要姊夫寫自己的故事，但是又覺得《鴨東綺譚》裡把自己寫得很不好，出來抗議。

她曾經帶著一群看來並非善類的男人上門威脅，讓姊夫很驚訝。

「其實只是借用了真實人物的皮相，內容已經完全不一樣。但平常不看書的人是看不出這一點的。」

「那《鴨東綺譚》的主角並不是千枝夫人本人，只是披著千枝夫人皮相的人物？」

姊夫大概說到興頭上了，他眼睛閃著光芒點點頭。

「沒有錯。不過這部分就看每個作家如何拿捏了，不能一概而論。以我來說，針對我還想了解更多的人，皮相和內容都會照實寫下，因為我想知道這個人在作品裡會怎麼行動、是個什麼樣的人物，所以也會編排種種行動進行實驗。」

話題突然變艱深了。

「姊夫，我可以順便問您一個問題嗎？」

「什麼問題？」

「我不太懂，《鑰匙》裡出現的女兒敏子跟郁子，是親生母女嗎？」

姊夫擺出嚴肅的表情，似乎對我的問題嚴陣以待。

「是親生母女。」

「如果這樣，敏子還真是個奇怪的女兒。您看看美惠，不，我們姊妹也是一樣，身為女兒，那麼冷靜地觀察母親，總覺得很奇怪。特別是父親跟母親之間發生的事，我覺得通常應該不會有那種態度才對。」

我也藉著幾分酒膽，滔滔說個不停。但姊夫也沒生氣，配合著我說下去。

「問題不在於現實上如何。而在於這世上也可能有這種女兒。藝術需要各式各樣的假設。」

「那您寫這個女兒的時候，有沒有她的原型、做為她皮相的人？」

姊夫安靜了下來。那一瞬間我想起松子姊那句話。

這麼討人厭的女孩，除了千萬還會有誰？

「該不會是千萬吧。」

聽到我小聲這麼說，姊夫別過臉去，迅速地開口，就像在找什麼藉口一樣。

「千萬是個很有趣的人。她有與生俱來的觀察能力，說不定還懂得運用這種觀察能力設計什麼陰謀。那孩子有很豐沛的天分。」

喔？姊夫竟然認真起來了。

我只是《鑰匙》中郁子的皮相，但敏子卻有千萬子的皮相跟內涵，姊夫想要思考敏子是個什麼樣的人。我感到強烈的嫉妒，不過也拚命地壓抑不要表現出來。

「姊夫。」

姊夫大概想結束了吧，他把酒壺裡剩的酒全倒進我和他自己的酒杯裡，聽到我的聲音他抬起頭，「嗯？」

「姊夫，《細雪》裡的雪子有我的皮相和內涵嗎？」

「那寫的就是小重。」

姊夫肯定地斷言。果然，那是我的故事，一想到這裡，我又開心得不得了。

「我把小重的皮相和內涵全部放進去，寫成了那個故事。」

但是聽他說得那麼確切，是不是將來再也不會寫我的故事了呢？我同時也覺得不安。我這一輩子都要關在《細雪》裡。我明明覺得，如果是精采的小說，就算吸收了真實人生也無所謂，但又太貪心，希望他還能繼續寫下更多的我。

「那郁子的皮相是誰？至少我也出借了皮相的一部分，告訴我也無所謂吧？」

「誰也不是。」

姊夫正露出笑臉時，背後傳來聲音。

「喔，你們還在喝啊，兩個人在聊些什麼？」

松子姊回來了。

「在聊姊夫的新小說，姊姊也喝一點嗎？」

我拿起酒壺，但已經空了。

「我不用了。是小重想喝吧，那妳自己喝去。」

松子姊的眼神好像有點冰冷，是因為拿起酒壺的我臉上寫滿了遺憾的關係嗎？

「好啊，我還要再喝一點。姊夫，您也喝嗎？」

「我再陪妳喝一點。」

我拿著酒壺站起來走向廚房。廚房裡擠著四、五個女傭站著幹活，洗餐具、擦餐具、移動東西。

「誰來熱一下酒。」

「是。」

阿君接過酒壺問我：

「夫人，要不要做些下酒菜？」

「姊夫好像吃飽了，那就準備些醃菜和梅子之類的都好，再拿過來吧。」

阿君收到吩咐點點頭。我只要有酒就夠了。

但是跟千萬子一起生活就不可能這樣。千萬子討厭愛喝酒的我，所以她要不說教、要不就把酒藏起來，希望我能離酒精遠一點。

我神清氣爽地回到起居室，姊夫跟松子姊正在低聲商量事情。

「怎麼了？」

「在談婚事呢，不知該怎麼辦好。」

松子姊壓低了聲音說，姊夫也皺著眉頭顯得很困擾。美惠子的婚事遲遲訂不下來，是我們這幾年來的煩惱。

「美惠說不要？」

松子姊皺起眉搖搖頭。

「被對方拒絕了。」

「為什麼？」

我不敢相信。美惠子可是文豪谷崎潤一郎的女兒呢。可是我也不難想像，世間會怎麼說美惠子的親生父親。

我應該已經說過幾次了，松子姊的前夫小津清之介，是小津商店這間布料批發商、貿易商的繼承人。但是在清之介這一代耗盡家產，土地跟財產都沒了。他花天酒地，最後還跟小妹私奔，松子姊不知吃了多少苦，一直在旁邊看著我絕對可以證明。

聽說現在清之介幾經流離，最後走投無路去投靠森田家的親戚長尾順孝，在日劇音樂廳工作。

儘管對姊夫來說，他是曾經折磨過松子姊的可恨男人，不過看到清之介困窘的處境，他還是伸出援手，借錢、幫忙找過工作等等。這一切可以說都是為了清一和美惠子這兩個孩子。

我沒有孩子，但向來把美惠子當自己孩子般疼愛。美惠子腦筋好，也多愁善感，可是她面對姊夫卻太客氣畏縮。

對，她很明白自己是因為姊夫的同情才得以在這個家裡生活，其實跟寄人籬下沒什麼兩樣。而且她也永遠帶著驚慌的心情，不知何時會被趕走。真是可憐。

清一是男孩，總有辦法過日子，我對美惠子特別不捨。就算姊夫收她當養女，總有一天還是得出嫁。能不能談一樁好姻緣是最重要的問題。但話說如此，美惠子現在已經二十七歲了，就快要錯過婚期了。

我在結婚這件事上也吃了很多苦，非常可以體會美惠子現在找不到容身之處的心境。

相對之下我又忍不住想。只不過差了一歲，千萬子為什麼就這麼幸運呢？她跟清一結婚、生了可愛的孩子，又獲得姊夫的愛。不，我不是說姊夫不關心美惠子，只是很明顯地，比起美惠子姊夫更喜歡、更疼愛千萬子。

8

美惠子是個事事都被要求忍耐的可憐孩子。小津清之介跟松子姊在昭和四年生下她，跟哥哥清一差四歲。

美惠子出生時，小津商店已經衰敗，之後清之介的生活愈來愈糜爛，跟松子姊關係也降到冰點。

昭和七年，小津商店終於倒閉。兩年後，昭和九年，清之介跟松子姊正式離婚，松子姊跟當時談了一場轟轟烈烈戀愛的姊夫開始同居。

假如清之介的生意穩定，松子姊跟清之介說不定不會分手。不，不管跟姊夫談了轟轟烈烈戀愛的松子姊跟清之介斷然分手，或者是清之介娶了新的妻子，照理來說清一跟美惠子都還有小津商店可以回去。

但是清之介失去了一切，連氣概也沒了，所以清一和美惠子除了跟著松子姊，沒有其他生存之道。

沒有了父親，只能跟母親還有母親的新戀人一起生活，意識到這些事實，孩子不知道心裡有多麼不安。

從美惠子生下來開始，我就代替母職照顧她，美惠子心裡的難受我一清二楚。

清一是男孩子，再加上他懂事之後親眼看著父親的行徑，心裡應該早有覺悟。

不過清一跟清之介很像，體格高大，個性沉穩、有吸引人聚集的魅力。儘管已經家門沒落，還是自幼就有股出身富裕人家的從容風範。

相較之下，美惠子比清一更纖細、更感性，在她童稚的心裡似乎正和命運的劇變奮戰著。我出於同情，對美惠子特別關心。

我到了二字頭後半也遲遲沒談成婚事，跟美惠子一樣一直受姊夫和松子姊照顧，有一段時期心裡也很難受。不禁覺得我們的命運真的很像。

「重子阿姨，媽媽去哪裡了？」

每當松子姊外出，年幼的美惠子就會一個勁找遍家裡。從她的側臉可以明顯看出擔心被母親遺棄的不安。

美惠子或許很擔心，要是母親不在，自己就沒有繼續待在這個家裡的理由了。

另外，所有人也很小心，不在清一和美惠子面前公然說清之介壞話。不過年幼的孩子心裡也清楚，自己的父親不受人歡迎。

美惠子心底似乎有種不安，她覺得姊夫討厭的清之介是自己親生父親，身上流著父親血液的自己會不會也被討厭？

姊夫養育清一和美惠子，還讓美惠子入自己戶籍，不只松子姊，我也對此深深感謝。

可是姊夫同時是這個王國的國王。誰也不能反對姊夫的做法。

比方說「後潺湲亭」是一座有美麗庭院的漂亮宅邸，但是作為住處，構造相當不方便。不過只要姊夫看上了眼，大家也只有住進來一途。

我覺得在「後潺湲亭」裡美惠子實在太可憐。一個二十多歲的女孩，連一間自己的房間都沒有。

這一點我也一樣，不過我本來就帶著幫忙松子姊的心情，所以睡在走廊或者睡在女傭房間都無所謂。

美惠子是小姐，當然不能這樣。不過美惠子跟我用同一個房間，盡量安安靜靜、不麻煩人。

然而，美惠子雖是谷崎家的「小姐」，卻很清楚自己的立場就像個寄居者。所以她沒有太多私人物品，聽憑命運擺布。她在姊夫面前也不太有自己的主張，從來不說自己的意見。在姊夫看來或許成了不把話說清楚、令人不耐的性格吧。

姊夫疼愛千萬子、不重視美惠子的傾向讓我相當遺憾，後來又發生了這樣的事，讓他的偏心愈來愈露骨。

寫英文信時他會刻意說：「這美惠子應該沒辦法」，特地去拜託千萬子。美惠子這時候會乖乖地退下。但是也因為我討厭千萬子，不由得暗自生氣，覺得姊夫何必故意做這種比較？

美惠子長一歲，千萬子的丈夫清一又是美惠子的哥哥，所以美惠子也是千萬子的小姑。但是美惠子卻對千萬子客客氣氣，總是安靜地微笑，什麼也不多說。不，應該是什麼也說不了吧。這總是讓我遺憾。

我之前說過，有一次看到千萬子手上拿著一本小書，美惠子上前搭話。

「千萬啊，妳在看什麼？」

「Mystery。」

「Mystery是什麼？」

「國外的推理小說。」

「推理小說？像是什麼？」

「不如妳去問問姨丈啊。」

我當時就在附近聽著她們的對話，內心相當憤慨，千萬子沒有說明什麼是推理小說，還把自己擺在儼然與姊夫同等的地位大放厥詞，真是傲慢。

但是這個故事還有後話。

一天晚上，美惠子在被墊上很著迷地讀書，我提醒她「這麼暗的地方看書對眼睛不好」，同時不經意地看了看封底，發現是本叫《紅髮雷德梅因家》（*The Red Redmaynes*）的書。

「美惠，這本書的書名真奇怪。」

「嗯，是推理小說，我跟朋友借來的。」

我偏著頭。

「咦，之前妳是不是問過千萬，Mystery 是什麼？」

美惠子害羞地笑了起來。這跟清之介遇到醜事敗露常有的害羞表情簡直一模一樣。我看著她，心想血緣關係真是怎麼也撼動不了，美惠子小聲對我說：

「其實我當然知道推理小說是什麼。那次只是想找話題跟她說話而已。誰叫千萬完全不找我講話。」

美惠子都主動提供說話機會了，千萬子還那麼冷淡，我對千萬子又更生氣了。

「千萬好像根本沒理妳。」

「是啊，她還不屑地笑我，怎麼連推理小說都不知道。」

美惠子蠻不在乎地說。

「美惠不覺得不甘心嗎？妳是小姑呢。嫁進來的媳婦說話這麼沒禮貌，妳就該明白教訓她這樣不行啊。」

「話是沒錯。」美惠子夾好書籤、闔上書本。「她個性強又愛招搖，我想我終究是敵不過她的。」

千萬子的母親山伏醫院院長夫人跟松子姊是舊識，清一經常去見千萬子，千萬子也很常來玩，所以美惠子從以前就很了解千萬子這個人。不過愈是了解就愈無法親暱交談。

「敵不過？妳年紀比她大呢。」

「就算年紀大，敵不過的還是敵不過啊。」

美惠子低聲說著。

「妳也可以打扮得漂亮又引人注目啊。」

我說的是真心話。我希望美惠對自己更有自信。

「不是這個問題。」

美惠子十分愛惜地把夾了書籤的書放在枕邊。

「那是什麼問題？」

「您看，千萬她母親還年輕漂亮，父親現在還是醫生。她祖父又是知名的本橋壽雪。她有體面的家庭、有可以回去的地方。」

「妳也有體面的家庭啊。妳父親是小津商店繼承人，現在的父親是文豪谷崎潤一郎呢。」

但是美惠子馬上打斷我。

「但那跟我沒關係吧。」

「是嗎？」

「是啊。而且我父親還是散盡家產的敗家子。我跟千萬跟就像天壤之別。」

「真是……別說這些傻話了。」

我的聲音突然變小。因為這讓我聯想到松子姊跟我的關係。我總是覺得自己是姊姊的負片。

該不會美惠子也覺得，自己理所當然要活在千萬子的陰影之下吧？

「妳在說什麼？美惠，如果時代改變，妳可是大商家的千金小姐，是千萬遠遠比不上的大富豪呢。」

我自己說完都覺得空虛，因為我也知道美惠子的親生父親小津清之介，非但一事無成，還是個只會掏空家產的廢物。

「別再說了。再說下去也沒有意義。」

美惠子不悅地皺著眉。

「不，這一切只怪妳父親不爭氣，妳又不是什麼讓人丟臉的親戚。」

「親不親戚都無所謂啦。我父親是個沒用的男人。我也看過《細雪》。裡面可沒寫太多好話。」

「《細雪》是姊夫寫的小說，姊夫說過，他寫的不是事實、那畢竟是小說。」

《細雪》是我自己的心靈寄託，但我還是說了這些話，想要安慰美惠子。美惠子看著我，表情很不可思議。

「您不是一直很自豪，說您是《細雪》的原型嗎？」

我心頭一揪，反駁她。

「我哪有自豪啊。」

「千萬這麼說過啊。」

「她是亂講的。憑什麼這麼自以為是，真是討厭。」

這句話倒是我的真心話。怎麼偏偏對美惠子說這種話呢？

「那我去告訴千萬。」

美惠子閉了眼轉過頭去。我也不再聊，關掉電燈點起小燈泡。房間染成一片昏暗的橙色。

「那晚安了。」

本來以為會聽到她的回話，不過美惠子在黑暗裡小聲這麼說：

「以後我該怎麼活下去？」

「跟千萬一樣，結婚、跟丈夫一起幸福地生活啊。」

「是嗎？我又沒有對象。」

「很快就會出現的，別擔心。」

我故作輕鬆地回答。美惠子聽了像是終於下定決心般嚥了口口水，這麼對我說。

「我只告訴您一個人，我想工作。」

「工作？什麼工作？」

「什麼都好。我想工作、離開這個家。別跟媽說。」

美惠子不像千萬子那樣事事都說得明白，我對於她有如此強烈的意志感到很驚訝。

「我不會跟妳媽說，但我沒想到妳會有這個念頭。」

「現在如果『父親』拋棄我，我就無路可走了。」

「姊夫怎麼可能拋棄妳呢？」

沉默了一陣子，美惠子又鼓起勇氣繼續說：

「我也覺得不會，但是我常常會這麼想。那到時候我在這個家該怎麼生活？又不能工作，想幫忙家事，家裡又已經有那麼多女傭。那我到底該做什麼好？」

「美惠，原來妳一直在想這些事。真是可憐的孩子。」

美惠子才二十多歲，這麼年輕就有些老成的陰影。這種老成，是不是一種放棄一切的徹悟心境呢？也就是說，從美惠子懂事以來，就一直活在顧慮姊夫眼光的焦慮裡。

9

美惠子上的是神戶某間高等女校。

這是良家子女上的貴族學校。但美惠子很少上學，她總是躲在松子姊和我身後，待在家裡。

雖然說是貴族學校，但戰時因為「學徒動員」，學生都得到工廠工作，也幾乎沒在上課。許多學生都退學，或者為了疏散而休學。除了遇到戰爭這種時代的捉弄，美惠子又無法生活在有父親的正常家庭中。要說她命運多舛也不為過。

美惠子從不跟我們告狀，在學校一定因為清之介的關係有人在背地裡說閒話，也會因為她是「讓妻事件」中谷崎潤一郎第三個妻子的拖油瓶而飽受好奇眼光，有過許多不愉快。也許因為這樣，她向來不會明說自己的想法，討厭引人注目，成了一個畏縮內向的女孩。

不，我對姊夫向來只有感謝，從來不曾有過一絲責備。我說過無數次，姊夫願意收養美惠子當女兒，真的已經對她很好。

算起來，到底有多少人仰賴著姊夫這隻右手而活呢？

松子姊、我、清一和美惠子兄妹、女傭們、千萬子，甚至連姊夫的親戚都得以獲得順遂寬裕的生活，拿到不算少的零用錢，買衣服買飾品，生活中遇到大小事件還理所當然地接受慰勞或者賀禮。

不僅如此，跟姊夫一起生活還會受到出版社的禮遇，經常有國內外許多知名人士來訪，客人送的都是昂貴稀有的東西，家事都交給女傭，每天只需要享受美食。去看歌舞伎或者電影時總是可以拿到好位子，還能享受跟演員見面的特別待遇。日子大可過得輕鬆愉快。

美惠子看似享受著這種境遇，但是她突然說「想去工作」，讓我發自內心覺得驚訝。

「美惠，應該沒有人知道妳有這個念頭吧？」

睡在旁邊被窩裡的美惠子好像動了動。

「應該吧，我想沒有人知道。」

我聽到她小小的笑聲。

「妳媽也不知道吧？」

「當然不可能知道。媽她什麼也不知道。」美惠子憤憤地說。

松子姊滿腦子都是姊夫跟千萬子的事，想必完全沒注意到美惠子的煩惱吧。

「不過美惠啊，職業婦女也太不體面了。在外工作的女人會愈來愈結不了婚的，我看還是算了吧。」

我們姊妹從小就被灌輸，女人要是工作就會降低品格。職業婦女是階級低下的貧窮女人做的事。我想姊夫雖沒有明說，心裡也是輕看職業婦女的。

「是嗎？可是繼續這樣下去也不是辦法啊。我不知道自己到底該怎麼辦才好。」

美惠子似乎覺得束手無策，語尾漸漸虛弱無力。

「妳結婚的對象一定會出現的，不要這麼快放棄。」

「也對，但是上次洗澡的時候，我聽見女傭在外面說。」

「說什麼？」

家裡人在洗澡時在外面說話，這已經不只是不小心，看來是故意說給人聽的吧？聽到內容之前我已經開始生氣了。

家裡請大批年輕女傭，可以說是姊夫的興趣，人手多固然做事輕鬆，但管理上也得加倍費心。松子姊和我經常都得注意女傭的動向，但偶爾還是會有這種事發生。

「她們在說我相親的事。小姐已經相親三十多次了，婚事還沒有眉目。看來除非老爺出賞金，否則是不會有人要她的。」

「是誰說這麼過分的話！美惠，妳告訴我，我去好好罵她一頓。」

看到我怒不可遏，美惠子好像翻了個身，聲音從很遠的地方傳來。

「不用啦，您若去說什麼，下次就輪到您被討厭了。我們寡不敵眾啦。」

「寡不敵眾？妳也真看得開哪。」

不管是千萬子，或者是這些女傭背地裡的閒話，美惠子為什麼就一點霸氣都沒有呢？雖然是自己疼愛的姪女，我還是忍不住開口。

「有什麼辦法呢？誰叫我寄人籬下，難免會這樣啊。」

一聽到美惠子這句話，我倏地掀開棉被站起來，突然轉開電燈開關。房間頓時變亮，一片亮橘色。

美惠子覺得刺眼，瞇起眼睛不高興地說：

「幹什麼啊？重子阿姨，這樣叫人怎麼睡呢？」

「誰叫妳實在太沒用。妳為什麼不走出浴室，問問那些話是誰說的呢？」

「怎麼行呢？我沒穿衣服呢。」

美惠子笑了，我也忍不住跟著笑了。她事事都是這個樣子。總是笑笑、不太表達自己的意見，凡事很快就放棄。個性纖細、腦筋也好，雖然很快就能敏感察覺，但總是沒有伴隨實際行動。她說「想工作」讓我很意外，不過我想大概沒有力氣真正付諸實踐吧。

同樣是兄妹，清一就跟她很不一樣。他從大學就去了東京，後來在建設公司上班，受過不少鍛鍊。

「重子阿姨，不覺得如果我是男的就好了嗎？」美惠子笑著繼續說。

這說的是什麼話？我一屁股坐在被墊上。

「為什麼？妳是男的，姊夫就不會收妳當養女了啊。」

「所以啊！」

原來如此。美惠子很羨慕能遠離姊夫獲得自由的清一，想到這裡我心口一緊。儘管受到庇護、能過著奢侈生活，她還是渴望自由。

不過美惠子因為是女孩，並沒有受到足以讓她獲得自由的教育或價值觀。這一點我也一樣。

「可是美惠，對姊夫來說，他明明已經有了親生女兒藍子，還是收妳當養女，這可不容易哪。將來松子姊過世之後，妳也會接收姊夫著作的權利呢。」

美惠子一臉呆愣，似乎沒聽懂我在說什麼。

「所以妳不工作也無所謂的，一輩子都不用擔心錢的事。」

說了這些話之後，我又覺得好像抑制了美惠子的發展可能。一定是因為婚事一直談不攏，才讓美惠子有種屈辱感吧？

所以她才想工作、獨立，可是我卻世故地拿出姊夫著作權來說服她。

「那還是很久以後的事啊，到時候我早就變老了。我現在希望過自己更喜歡的生活。要不然就會跟您一樣了。」

說到這裡美惠子突然閉嘴，大概是發現自己說過頭了。我還坐在被墊上，背對著她說：

「也對，如果松子姊不在，我就一點價值也沒有了。」

「不是這個意思。我從來不覺得您沒有價值。我想說的是，有時候我很厭煩這種得看別人臉色的生活。」

美惠子很少像這樣多話，她垂下眼，一口氣說完這些話。

不用說也知道，美惠子向來都在看人臉色過活。在沒有任何一點能力的女兒面前，姊夫作為這個家主人的存在，就是如此龐大。

在美惠子眼中，我跟她也一樣，被剝奪了自由，只能老實生活。女傭她們一定也在背地裡說了我不少閒話。

「我也很掛心爸，但又很難開口、不能去見他。清一哥好像偶爾會去見他，讓我很羨慕。」

「爸」指的當然是小津清之介。清之介讓小津商店倒閉之後，失去所有財產，跟松子姊離婚。戰時在小樽開始經營造船業，但是並不順利。

聽說戰後他認識一個叫阿陽的女性，跟阿陽的妹妹還有她的孩子一起投靠藤澤老家，但那已經是很久以前的事了。在那之後因為生活拮据，他去找長尾順孝幫忙。

長尾是我們森田家的親戚。從小就住在同一個町內，經常往來，所以長尾大概認為如果不幫清之介一把會給松子姊添麻煩，甚至有辱谷崎之名吧。他替清之介在日劇音樂廳安插了工作。說是工作，其實類似跑腿，清之介也很認真地幹活，現在好像是寶塚歌劇團東京宿舍的管理員。

「為什麼想見妳爸？」

「當然因為他是我親生父親，我也覺得他跟我有相像的地方。他做什麼都不成功、看事情也太天真，不過我就是無法討厭他。之前我們去看戲的時候，他不是廣播『小津松子夫人』要找媽嗎？後來我聽清一哥說，那是因為他想見我一面。聽了之後總覺得放不下他。」

「那下次去東京見他一面吧。」

但美惠子沒有回話。她擔心，這麼做姊夫是不是會不高興。

「美惠，該睡了。」

我沒關燈，站了起來。

「要去哪裡？」

「解手。」

我對美惠子說了謊，來到黑暗的走廊上。從姊夫他們的寢室可以聽到姊夫的響亮鼾聲。大概因為高血壓的關係，鼾聲特別大。我走過姊夫他們寢室轉角，朝點著常夜燈的後門前進。

我突然想喝酒。想喝酒的念頭一旦點燃，就會愈來愈旺盛，再也無法控制。

我在黑暗走廊上伸手摸索前進。女傭房間也傳出眾人睡著的平穩呼吸聲和些微鼾聲，好像沒有人醒著。

我鬆了一口氣，打開後門，扭開電燈後迅速關上門。要是有人起來，我打算托辭說是來喝水的。

我打開流理臺下的櫃門，找找有沒有剩下的日本酒。我發現了幾瓶新的酒，不過都還沒開封，只好作罷。也沒找到白蘭地。我沒時間慢慢找其他櫥櫃，直接拿過料理酒倒進杯子裡。先馬上喝一杯，像喝水一樣飲盡後再倒一杯，這次我慢慢地喝。

過了一會兒，我感覺到心臟跳得愈來愈快，臉也開始泛紅。酒精流過我纖細的血管，我真實地感受到，自己活著。

這麼一來，不管發生什麼事都無所謂了。我又喝了一杯才回房間。

回到房間，燈還亮著，美惠子已經睡了。我蓋上棉被，想起剛剛料理酒和杯子還放在流理臺。

女傭可能又要說閒話了。「管他呢。」低聲說罷，我也輕嘆一口氣，就像在呼應美惠子的呼吸一樣。

10

接到小津清之介倒下的消息，竟然就是在這幾天之後。

我正在跟女傭一起從捲線軸捲著新毛線，松子姊過來叫我，「小重，妳來一下。」

本來想說，怎麼不等一等，我還是把話吞了回去，放下線軸站起來。心裡覺得有點不耐。捲毛線最好前後力道一致，原本想一口氣弄完的。

我板著張臉跟著她到寢室。

「怎麼了，姊姊？」

「聽說清之介倒下了。剛剛長尾先生打了電話來。」

「啊，真的嗎？」

「說是腦溢血。現在他正在幫忙安排請醫生過去。」

怎麼會這樣。幾天前美惠子才剛說想見他的。

「現在情況怎麼樣了？要不要我去看看？」

松子姊篤定地搖搖頭。

「不用，長尾先生會跟我報告狀況，再說現在清之介身邊有妻子阿陽在，已經跟我們沒關係了。」

「話是沒錯，但他畢竟是清一和美惠的爸。」

怎麼能說沒關係呢？但我吞下了後半句話，松子姊慢慢點頭。

「就看他的意思了。」

所謂「落魄潦倒」，長尾順孝說，這正是幾年來小津清之介的寫照。

一天，長尾人在鎌倉家裡，清之介來拜訪他，說是「掉了錢」。他住在藤澤，說是要借電車錢，不過長尾看了清之介的打扮，馬上看穿他在說謊，給了他一千圓。

又過了一陣子，清之介再次來訪。這次他打算從後門進來，長尾急忙阻止。

「請從玄關進來吧。」

但清之介卻彎著腰這麼說：

「我已經不是能從玄關進門的身分了。」

儘管如此，長尾還是硬請他繞回玄關。清之介怯生生地進屋。看到他的樣子，長尾很驚訝。

廉價的西裝袖口已經磨破，長褲膝蓋磨得寬鬆，穿在裡面的襯衫洗曬了許多次，已經泛灰。這就是往日那個帶著膠框圓眼鏡、只穿訂製西裝、愛打扮又驕傲的小津清之介嗎？長尾看了幾乎要掉下眼淚。

清之介應該也知道現在的自己在長尾眼中是什麼樣子，但他也不恥於讓對方看到自己的落魄，只是恬淡地低下頭。

「您也知道，我經商失敗，失去了所有從父親手中繼承的財產。不只這樣，我還背上巨債，跟松子分開、也只能放棄孩子。我幾乎是逃離大阪的。原本想洗心革面在小樽重新創業，但是又失敗了。現在我沒有家、沒有工作，也沒有財產。這一切都是因為我沒用。但現在的我身邊卻有了比什麼都重要的東西，那就是我妻子阿陽、她妹妹、妹妹的孩子，還有阿陽的父母親。阿陽的父母親住在藤澤，他們是心地善良、品行端正的百姓。家裡雖小，他們從來沒有半句怨言，接納我一起住。這五個人就是我現在心裡的支柱。就算是為了他們，我也得好好工作。長尾先生，我拜託您了，請您讓我在音樂廳裡工作吧。不管是跑腿還是掃廁所都無所謂。還請您務必幫忙、求求您了。」

長尾從自己薪水裡付錢給清之介，用私人雇用的方式聘了清之介，清之介感念長尾的善意，開始奔走在舞者之間，工作得很勤快。

他的工作態度也受到上面認可，指派他去管理寶塚歌劇團的東京宿舍，偏偏就在這時候，傳來了壞消息。

長尾之所以如此關照清之介，不只因為他跟森田家是親戚的關係，以前清之介曾經送過他一幅畫家岸田劉生的「麗子像」，他覺得清之介對自己有恩。長尾在孩子得盲腸炎的時候賣了那幅畫，才籌措出手術費用、度過難關。

曾經是小津商店少爺的小津清之介，留下很多為人豪爽的小故事。不過在清之介窮困潦倒時願意出手相助的，卻只有長尾一個人。

我並不討厭清之介。清醒時的清之介人很體貼、個性開朗，跟他在一起很愉快。

松子姊也一樣，儘管有過那麼多風波，但是在她內心深處應該也已經原諒了對方。再怎麼說，他都是清一和美惠子的父親。

清之介倒下的消息，在一個晴朗的四月下午傳來。那天很溫暖，美惠子正跟年輕女傭們一起帶狗出去散步。

松子姊等不及她回來，套上院子裡的木屐繞到玄關前。我隔著簷廊的玻璃窗看著她焦急的側臉，接著走到走廊的電話機前。

如果沒有事我平常不打電話，所以已經很久沒聽到千萬子的聲音了。

「喂，是千萬嗎？」

乃悠璃好像就在近處叫著。聽到她那麼有精神的聲音，我也不自覺地放鬆了嘴角。

「喔，是媽啊。好久不見了。大家都還好嗎？」

千萬子跟平常一樣沉著。現在是平日下午，我明知清一不在，但還是問了。

「託妳的福，都是老樣子。阿清在嗎？」

「清一出差了呢。」

千萬子好像在笑。

「其實我也知道，但就是想問問。」

「怎麼了嗎？」

千萬子是個直覺敏銳的女人。她馬上緊張了起來。難道從聲音語調就可以聽出是否是噩耗嗎？

「其實剛剛長尾先生打電話來，說清之介倒下了。」

「倒下？怎麼回事？請告訴我，發生什麼事了？」

我聽說千萬子會跟姊夫通信，跟姊夫討論工作上的事。以前姊夫事事都會跟松子姊商量，但最近他多半都倚靠年輕的千萬子。所以這種時候聽到千萬子的反應這麼冰冷又盛氣凌人，實在讓我不舒服。

「這些還不清楚。不過聽說情況不太好，不知該怎麼辦好。」

我強忍著說完，千萬子立刻緊追著反問：

「知道了，那我該怎麼告訴清一好？」

我頓時不知該怎麼接話。這種時候我只會想到說：「這樣嗎？那真是辛苦啊，我看是不是該早點去看他比較好？」千萬子卻一刻不喘息地回話。

「妳只要告訴阿清他倒下了，看情況可能需要他過去一趟。」

「清之介先生現在在哪裡呢？」

「在東京。對了，那阿清現在在哪裡？」

目前為止都伶牙俐齒的千萬子突然吞吞吐吐了起來。

「這個嘛，可能在福岡或者山口吧，我也不清楚。我等等打電話去公司問問看。」

這時候我才想起松子姊的擔憂，千萬子和清一的關係似乎早已急速冷卻。

我也發現清一常常出差，不常待在北白川家。我也勸過他，家裡有個可愛的女兒，應該要更常待在家裡才對，不過他總是苦笑著回我：「要工作啊，有什麼辦法呢？」

「千萬，要是有什麼狀況我會再打電話來的，萬事拜託了。」

「好，我知道了。我會轉告他的。」

結束跟千萬子的電話，我也繞到玄關前，等松子姊和美惠子回來。五分鐘之後，她們回來了。美惠子雖然沒有哭，但臉色很沉重。

「這季節真舒服。」

松子姊悠哉地仰望後山這麼說。山櫻的花季快要結束，山中開始覆滿剛萌芽的新綠。這麼美的季節，清之介卻倒下了，我愈想愈不忍。

「希望清之介還有救。」

大概是聽到了我的自言自語，松子姊慢慢搖頭。

「雖然已經恢復意識，但聽說情況很糟。要做好心理準備才行。」

「也對。聽說腦溢血之後可能再也無法說話，是不是快點讓阿清和美惠過去比較好？」

松子姊卻一派沉著。

「那個人也任性了一輩子，我想他應該沒什麼遺憾了吧。」

「那美惠呢？如果想見一面就去吧。」

跟美惠子四目相對時，我問她，美惠子低下頭，不讓人看見她的表情。

「我在這裡等。」

等什麼？等對方的死訊嗎？

「只要等就行了嗎？不想在還能說話時見一面嗎？」

美惠子曖昧地微笑，什麼也沒說。可能是不想惹姊夫不開心，死心了吧。

美惠子知道姊夫對於自己學習才藝這件事沒什麼好臉色。

最近美惠子常上電視、接受導演指導，開始從事些稱不上藝術的演藝活動。姊夫嚴厲地說，那是外行人的伎倆，怎麼能暴露在大庭廣眾之下。

「我去跟他商量商量。」

松子姊走向主屋角落的書齋。大概是我多心吧，總覺得她肩頭沒什麼力氣。

那時候姊夫因為高血壓引發的暈眩和體力衰弱，偶爾會以口述筆記來寫原稿。雖然請了代筆，但始終沒找到能力足夠的適任人選，所以只好繼續拜託之前來過的人。松子姊此時正在心情不佳的姊夫跟代筆者之間，操碎了心。

清之介死期將近跟這件事相比，好像沒那麼重要。我一個人在和服衣櫃前開始整理喪服。最近大概會需要，得先準備起來才行。雖然有點不吉利，但總得有人先悄悄打點好。

我叫來女傭阿君，交辦了許多事。

「清之介現在病危，得準備喪服，妳來幫我忙。」

「是。」阿君點頭表示了解。

「姊夫和姊姊還有我的襦袢要加上半襟。另外美惠的喪服有皺褶，記得熨平。」

阿君點點頭，然後問我：

「田邊太太，最近好像有人偷喝料理酒，我想應該是某個女傭，您說該怎麼辦好？」

我覺得差點要窒息。其實是我幾乎每天晚上都喝。但我佯裝不知。

「就別管了，這種時候可能覺得難受吧。」

「可是……」阿君不滿地伸長了脖子，但我別過頭去。

在那之後的兩天，應該可以稱為平和狀態吧，什麼事也沒發生。我開始後悔準備了喪服。就在我打算收起來的那日傍晚，清一打電話來。

「媽，清之介剛剛過世了。」

電話那頭的他好像在哭。清一偶爾會跟清之介見面，不過窮途末路的清之介沒有向親生兒子求助，或許是他最後的一絲自尊吧。

據長尾的描述，清之介腦溢血倒下後，被醫生交代要絕對靜養，但是他認為「尿在尿壺裡成何體統！我尿不出來」，堅持走去解手。後來因此引發肺炎，很快就走了。

清之介的葬禮上有很多寶塚學生來參加，儀式相當熱鬧、盛大。連姊夫也覺得羨慕。

清之介死後，美惠子也變了，比以前更加活潑。之前導演邀她上舞台或者上電視表演，她總是沒什麼把握，一副受人之託無可奈何的樣子。可是清之介死後她更加積極，也開始爭取自己的角色。

面對清之介的死，美惠子可能暗下了什麼決心吧？但她從來沒跟我提過這件事。

第三章　狂狷之心

1

千萬子的母親山伏節子是京都名流中知名的女性。

她不僅有日本畫家本橋壽雪之女的血統，也是山伏醫院的院長夫人，同時也是「苧環」這個短歌結社的一員，不僅家世富裕、天生麗質，更是頭腦聰明的女性。而她跟松子姊同樣是京都地方熱愛戲劇、歌舞伎，愛好遊興的知名夫人。

千萬子對於這樣的母親是否也帶著批判的眼光？或者忠實繼承了母親這樣的血脈？在我看來，千萬子現在還年輕，卻已經給人偏屬兩極的印象。她一方面聰明伶俐，看清世間種種不過如此，但同時也不受控地沉浸在享樂之中。

姊夫或許是最早看穿千萬子這極端本質的人。第一次在拉理夫妻的茶席上見到她時，他就已經非常欣賞千萬子。當時千萬子還只有十九歲。

千萬子跟清一結婚是在昭和二十六年，彼時千萬子還只是個二十一歲的學生，而姊夫已經六十四歲了。

我曾經想像過，六十四歲的姊夫會帶著什麼樣的心情來看待這個年輕媳婦。我想姊夫可能認為千萬子身上具有罕見的兩極資質，同時又具備冷靜的觀察力。這些特質跟姊夫自己很像，可以說是一種身為作家的資質。

我覺得很不可思議的是，無論年紀相差多少，相似的男女終究會彼此吸引，沒有任何人能阻止。

不，我並不是認可千萬子，或者想替她說話。我跟千萬子完全合不來，我也痛恨這個奪走姊夫的心、讓松子姊痛苦的人。

但是儘管如此，一想到姊夫晚年的躁動心境，我就覺得悵然心痛。千萬子可能是第一個讓姊夫嘗到戀愛苦澀的人。而千萬子是不是也有同樣的心情呢？

另一方面，假如令姊夫著迷的不是千萬子，松子姊又會有什麼樣的苦惱？想到這裡，連我也不禁覺得難受窒息。

松子姊被稱為谷崎恆久的繆思，但在谷崎的晚年，松子姊的驕傲卻悽然墜落。

千萬子和清一生了孩子、搬到北白川家時，松子姊儘管希望我監視千萬子，但她應該安心了不少。至少那個擾動姊夫心湖的女人算是離開眼前了。

可是姊夫溺愛千萬子的女兒乃悠璃，經常以乃悠璃為藉口，頻頻寫信給千萬子。

乃悠璃對松子姊來說也是第一個孫女，松子姊對她的疼愛當然也不輸給姊夫。我一樣也很疼愛這個養子清一跟千萬子生下的孩子。

一個爺爺、兩個奶奶的寵愛圍繞在千萬子的孩子身上。但是誰也沒想到，原本應該是爺爺奶奶跟孫女之間的交流，最後竟然會演變成姊夫跟千萬子間不容其他人介入的強烈牽絆。

兩人開始頻繁通信，始於昭和三十二年左右。不知不覺中信件開始以限時郵件寄送。幾乎每天，而且持續了好幾年。

「夫人，有您的郵件。」

熱海家的郵筒裡除了早報、晚報之外，還會收到出版社寄來的種種郵件。雜誌、姊夫再版的著作、新刊本樣本、作家朋友寄贈的書、資料，還有信件明信片等等。

負責去取郵件的是年輕女傭，分量往往多到雙手幾乎無法環抱。

送到姊夫書齋前的大量郵件首先由松子姊和女傭兩人初步篩選。她們會一一開封檢查裡面有沒有廉價宣傳品、讀者來信、恐嚇信等等，有時候數量大到我也得一起幫忙。

「又來了。」

松子姊拿起其中一封蓋著限時郵件紅色戳記的信封，低聲說道。

「熱海市伊豆山鳴澤一一三五

谷崎潤一郎先生收」

不需要看寄件人也知道這是千萬子的筆跡。信幾乎每天都會寄來，已經稀鬆平常。

「既然是限時信，就快點送去給老爺吧。」

松子姊不情願地將信交給女傭。她之所以不開心，或許是討厭他們用限時郵件這種僅屬兩人之間的通信方法。

以前千萬子寄給姊夫的明信片多半寫些事務性的內容，我也能毫不忌憚地看。畢竟千萬子對我來說是田邊家的媳婦、對松子姊來說是長男的媳婦。但是改用限時郵件來寄信，我們就不得不直接交給姊夫。

而且，這些信不知不覺中愈寫愈厚，這陣子也都只寄限時信，幾乎每天通信，我們會對內容好奇，也是人之常情哪。

松子姊曾經大膽問過姊夫：「千萬寄來的信都寫些什麼？」結果姊夫不太高興地回答：「當然是乃悠璃的事啦。」讓松子姊沒法再回話。

姊夫也幾乎每天回信。每當書齋的呼叫鈴急促響起，年輕女傭就會慌慌張張飛奔到書齋。這時姊夫就會遞出一封信。

「京都市左京區北白川仕伏町三

田邊千萬子夫人」

姊夫親自寫上「限時郵件」幾個大字。

「去寄了這封信。」

姊夫吩咐後，女傭得急忙跑到公車站前往郵局。假如一天發生好幾次這樣的狀況，女傭難免也會覺得不耐煩。

那天女傭將千萬子的信拿去書齋時，我叫住了松子姊。

「姊姊，方便嗎？」

「怎麼了？」

松子姊果然表情陰沉。

「千萬都寫些什麼啊？」

「應該是乃悠璃的事吧。」

「哪有那麼多事情能寫啊，真的嗎？我看確認一下比較好吧？」

「要怎麼確認？」松子姊驚訝地說。

「趁姊夫不在時進書齋，悄悄看啊。姊姊如果不願意，那我來。我也會去北白川那邊看姊夫寫的信。」

本來以為會被反對，但松子姊面容陰沉，只淡淡說了一句「也好」。

「姊姊，妳看了記得告訴我。」

「好是好，但為什麼要這樣？」

「如果信裡寫了什麼傷害姊姊的事，那都是我管教不周，真是抱歉。」

「妳為什麼要道歉？」松子姊話問了一半，馬上想通，沒再說下去。

我是田邊家的婆婆，所以覺得該為媳婦的不檢點道歉。松子姊什麼也沒再說，只是望著書齋。

姊夫現在應該正用他不方便的右手拿著剪刀、迫不及待打開千萬子的信吧。他的臉上會漸漸浮現欣喜的神色。

想像到這裡，我確信松子姊應該也有同樣的念頭。

昭和三十四年左右，除了千萬子的信之外，還有很多其他問題，也是讓松子姊相當煩心的時期。

高血壓日益嚴重的姊夫曾經好幾次輕度發病。之後他右手疼痛愈來愈劇烈。說到右手，當然牽涉到他最重要的小說工作，可想而知姊夫一定相當焦慮。

他的手麻痺冰冷到宛如浸過冰水，疼痛到無法握筆，不得不雇用代筆。

大概是因為這樣，姊夫經常發脾氣，一有不順心就會激動得難以安撫。雖然很同情姊夫，但我們其他家人也開始過著看姊夫臉色度日的灰暗生活。

千萬子很快就寄來一副手編的右手手套。姊夫很高興地跟大家炫耀，還命令女傭們也編出一樣的東西。後來有個手藝靈巧的女傭到熱海銀座去買毛線，邊看邊學、打出了跟千萬子所做一模一樣的手套。

我也不服輸，到東京去買了舶來毛線，很快地打了個右手手套。不過千萬子編那個手套是用細緻毛線仔細打出來的，精緻程度誰也學不來。

但姊夫右手的疼痛非但沒有好轉，反而愈來愈嚴重，甚至影響到日常生活和工作。因此他需要一個祕書。

姊夫想雇一個能幫忙做筆記的年輕女祕書，但一時半刻也找不到這種優秀人材，很多人試圖介紹，但他總不滿意，一一辭退。

另外家裡還有女傭的問題。我想這可以說是姊夫的壞習慣，姊夫喜歡雇用大批年輕女傭觀察她們個性的差異，加以品評，享受被眾人簇擁、吹捧的愉悅。

為了避免誤解，我要挑明了解釋。姊夫除了欣賞年輕女性、以此為樂，也熱衷於觀察各種女人，企圖從中獲得藝術的刺激。讀過昭和三十八年出版的《廚房太平記》就可以了解。

松子姊和我什麼也沒說，只能依照姊夫指示，唯唯諾諾地順從。姊夫生病之後更像個暴君。

昭和三十四年正月，姊夫以高達兩萬圓的月薪，聘用了朋友介紹的T小姐當祕書。

這件事後來引發了許多問題。以前協助口述筆記的矢吹小姐，後來成為中央公論社的編輯，五年前姊夫支付給矢吹小姐的金額是六千圓，儘管相隔了五年，但也幾乎有三倍差距。由此應該可以看出這份薪水有多麼優渥。

松子姊內心似乎也覺得這位祕書的工作並不值得如此高額月薪，但當時的狀況就連她也無法給姊夫提任何意見。

姊夫的心情就是如此陰情不定，心情不好時，誰都不敢多說半句。

不過只有一個人的話姊夫願意聽，那就是千萬子。

千萬子也會跟姊夫討論他的工作，儼然姊夫的智庫。

千萬子從京都帶乃悠璃來熱海時，姊夫曾經讓她看過T小姐寫的英文信。

喝茶時千萬子對我們說了這件事。那時姊夫剛好不在。

「我看過T小姐的英文信了，她寫錯了好幾個簡單的單字拼法。這樣不配當個祕書，我看還是應該告訴姨丈吧。」

松子姊露出有些意外的表情。

「不配？T小姐一個月領兩萬呢。」

「什麼！」我還記得千萬子大聲地叫道：「這麼高嗎？兩萬圓，也太浪費了。」

或許是半開玩笑，不過松子姊很快就去跟姊夫告狀：「千萬說付那麼高的薪水給她太荒唐了。」

姊夫馬上寫信去問千萬子這件事，結果千萬子相當不滿。千萬子的說法是，她不喜歡我倆把自己想說的話裝作是千萬子的意見告訴姊夫。

這件事真的很麻煩。明明大家的想法都一樣，只因為中間夾著千萬子和姊夫，變得很棘手。

而且從這件事也可以知道姊夫最重視、相信千萬子，松子姊跟我在千萬子面前可說顏面全無。

2

當時最讓姊夫煩心的就是自己的健康跟美惠子的婚事。

高血壓方面，因為身邊家人很小心注意，反反覆覆時好時壞，不過確實隨著年齡逐漸惡化。右手的疼痛和麻痺也都只見惡化，不見好轉。

再加上看到親密好友或者文友一一離世，也讓他心情更加低落。姊夫漸漸失去了活力。或許因為如此，他才想從千萬子的青春當中尋求救贖。姊夫和千萬子的書簡非但不讓人感受到他的衰老，還熱烈旺盛躍然紙上，彷彿要盡情燃燒那所剩無多的生命一樣。

這個時期松子姊衷心期待姊夫能盡量活久一點、盡量多寫些作品。她之所以忍受姊夫的任性專擅，默默侍奉，都是「為了藝術」，這一點從前姊夫自己也說過。

年過五十的我也開始奮起輔佐松子姊，設法延長作家谷崎潤一郎的壽命。

但是對姊夫來說，他創作作品的原動力是年輕的千萬子，已經不是松子姊了。我想這就是松子姊陪伴晚年谷崎時的苦惱。而松子姊的苦惱，同時也是我的苦惱。

我們姊妹上下打點，維持谷崎家的正常運作，同時也對姊夫渴望的千萬子這個新的掌權者戰慄惶恐，兩人絞盡腦汁，想贏過千萬子。

昭和三十五年一月，姊夫終於了卻一樁心事。

美惠子終於定下與能樂演員梅津秀夫的婚事。美惠子已經年過三十，之前相親了許多次，卻從沒談成過。

我自己婚緣也淺，很了解美惠子的心情。她五官端正，頭腦也不壞，究竟為什麼會被拒絕？女人一旦開始思考其中理由就會喪失自信，而喪失自信後，只會更消沉、萎縮，失去魅力。

特別是美惠子，老是被拿來跟差一歲的千萬子比較，非常可憐。一直很心疼美惠子的松子姊知道婚事終於定下，開心得不得了。姊夫大概也沒想過會有這門良緣吧。他終於放下心，家裡總算沒有失了體面。

松子姊興沖沖地開始替美惠子準備嫁妝。她從京都請和服店來到熱海，挑選嫁妝用的和服、決定家具、討論婚禮會場。這時候的松子姊看起來真的很幸福。我當然也特別開心。美惠子等於是我一手帶大，我暗自希望她能過得比千萬子更幸福。

梅津秀夫出身能樂名門，但是兩年前離開能樂世界，開始參與現代戲劇、電影、電視等演出。在一位關照過他的老師介紹下，美惠子開始跟秀夫學習能劇中的單人舞「仕舞」。像秀夫這種當紅新進演員，說實在，美惠子確實是高攀了。

街頭巷尾確實也傳出類似女傭間的耳語，說因為谷崎潤一郎出了高額嫁妝才促成了婚事，但萬萬沒有這種事。能成就這樁婚事，靠的都是美惠子自己。

不過姊夫依然不喜歡美惠子參加舞蹈公演、上電視跑龍套等演藝活動。姊夫不只是擔心，甚至經常生氣地說，在這種環境裡，明明沒什麼技藝，卻很可能只因為周圍吹捧就得意忘形。

我暗自祈求姊夫不要對這樁婚事潑冷水。沒想到，姊夫在給千萬子的信上，寫了美惠子的壞話。

這件事是一個女傭撿起姊夫寫過信的廢紙後說出，被松子姊聽見了。我們知道了都相當憤慨。再怎麼疼愛千萬子，也沒必要拿美惠子跟千萬子比、淨寫些她不如人的壞話吧？

可是事態複雜，我們又無法光明正大告訴姊夫，這等於承認自己讀過那些廢紙。於是，松子姊和我開始對姊夫跟千萬子採取各種強硬、堅定的策略。

這時我又想起另外一件事。那是在美惠子訂下婚約之前，千萬子跟姊夫說祕書T小姐那件事的時候。

千萬子繞到熱海來跟姊夫拿錢後，一個人去東京買東西。聽說她要買滑雪外套。我不知道滑雪外套是做什麼的，但隱約知道這東西要價不菲。

千萬子會央求姊夫買的東西多半不便宜。清一領的是便宜月薪，所以千萬子沒有閒錢去滑雪、購置滑雪用的服裝。但是過慣了奢侈生活的千萬子當然受不了簡樸生活，婚後她依然想追求跟單身時代一樣豐富多彩的生活。

姊夫不只對千萬子百依百順，而且還特別喜歡千萬子耍任性。他似乎很樂於鼓勵千萬子的物欲，企圖從千萬子想要的東西當中了解年輕人的趨勢。

「一切都是為了小說這門藝術」，只要姊夫揚起這張名正言順的大旗，松子姊就無話可說。這就是姊夫的手腕。

姊夫對女傭也很大方，帶女傭去散步時會買很多東西給她們。家裡來了新女傭，就會帶去熱海商店街，買些項鍊戒指送她。

可是花在千萬子身上的錢可不只這種程度。當我們知道他藉口考幼稚園的乃悠璃需要，花了一萬八千圓買電晶體收音機送千萬子，都驚訝得說不出話來。

再回到前面的話題，千萬子為了買滑雪外套到東京時，我恰好也搭同班列車要到東京。美惠子去買參加電視選秀之類活動的衣服，我跟她在東京車站相約，要幫她量身試樣。美惠子因為要開會，先我一步去東京。

我從沒告訴千萬子美惠子參加甄選的事。因為美惠子拜託我，不要透露半點她的「演藝活動」給千萬子知道。

我很清楚美惠子為什麼要封口。因為千萬子和姊夫之間事事都會通信互相報告、商量，美惠子擔心，萬一千萬子對反對自己從事演藝活動的姊夫說什麼閒話，很可能會因此被禁止演出，或者受到阻擾。

我和松子姊也都認為，是時候讓美惠子脫離姊夫的庇護離開，因此都認同美惠子的想法。當然，這也是我們針對千萬子和姊夫「聯軍」採取的防衛對策之一。

「哎呀，這不是媽媽？」

在車內偶然遇上，千萬子滿臉驚訝地從正在閱讀的文庫本抬起頭。我本來就知道千萬子要上京，所以表現得很鎮定，但千萬子並不知道我要去東京，好像有些尷尬。

「千萬，妳去銀座買東西啊？」

我表情大概有點難看，千萬子猶豫了半晌才回答道：

「是啊，差不多吧。」

「真好，要去買什麼？」

這時候千萬子理直氣壯地說：

「您不是已經聽姨丈說了嗎？」

「我沒聽說什麼啊。」

我差點就要被她的氣勢比下去，但還是回了這句話，千萬子才不情不願地說明。

「我要去買滑雪時穿的滑雪外套。」

我不禁怒上心頭，很想給千萬子點顏色看看。千萬子是清一的媳婦，同時獨占了姊夫的心，還拿了那麼多零用錢。

「千萬啊，妳不能因為清一的薪水少，就故意這樣亂花錢。既然是領月薪生活，就該在薪水範圍裡維持家計。我跟田邊結婚時，也只靠田邊的薪水來生活的。」

聽到我這種說教口吻，千萬子安靜了下來。她可能有所警戒，以為我是松子姊派來監視她的。

列車終於到了東京車站，千萬子站起來問我：

「媽，您也來買東西嗎？」

「不，我有事來找美惠。」

我脫口說出真正的理由，這激起了千萬子的好奇心。

「媽，美惠在東京做什麼？上次我聽說她上了電視，正想問您是什麼節目呢。」

「這我也不清楚。」

看到我裝傻，千萬子貌似受傷地繼續說：

「為什麼大家一說到美惠就避而不談呢？告訴我有什麼關係呢？每次我問美惠最近在做什麼，大家都敷衍我，什麼都不說。這是為什麼呢？」

千萬子不滿地說。我丟下一句：「我來不及了。」離開座位。

看到千萬子當時失望的表情，我也不禁有點同情，但一想到反正她總會寫信給姊夫告狀，又覺得都無所謂了。

果然，過了四、五天，姊夫找我過去。當時我正在廚房跟女傭們七手八腳準備晚餐，站在廚房入口，跟阿初討論調味。

「小重啊，我問妳。」

姊夫因為高血壓的關係舌頭不太靈光，說話有點遲鈍，但這時候倒是發音很清楚。

千萬子去買滑雪用品是二月天寒的時期，所以姊夫身上緊裹著棉袍，右手戴著千萬子親手織的手套，頭上也戴著同樣是千萬子編的毛線帽。

「什麼事？」

老爺竟然到廚房來，女傭瞬間緊張了起來，我連忙領姊夫到走廊上。阿初垂下眼，馬上回到廚房裡。

「我問妳，前陣子妳去東京的時候……」

姊夫連珠砲似地開口，但話只說了一半。他很少對我生氣，此時卻鼓脹著臉，很不開心的樣子。

我馬上知道，一定是千萬子在信上寫了那件事。雖然早有心理準備，沒什麼大不了，但是一想到千萬子和姊夫的反應這麼好懂，心裡就覺得不舒服。

千萬子出現之前，能跟姊夫說話我總是非常開心，但是自從他跟千萬子開始通信，就形成了一種沉默的敵對關係。姊夫事事都想維護千萬子。這讓我十分難受，但我想姊夫應該沒有發現。

「是，我在列車上見到了千萬。」

「妳為什麼沒告訴我妳跟千萬子搭同一輛車呢？她很難過，說大家提到美惠子都避而不談、把她排除在外。」

「那真抱歉啊。」

我嘴上道了歉，但聽到姊夫跟千萬子一樣用了「避而不談」這幾個字，也不禁啞然。

我雖然知道他們兩人靠通信交換資訊、互相商量，但沒想到姊夫會直接使用千萬子在列車上對我說的話，讓我大受衝擊。

「我跟千萬搭同一輛車，也是在車上見了面才知道的，再說，美惠的事我也沒有想隱瞞什麼。只是擔心美惠覺得不好意思，沒有特別說而已。」

姊夫性子急，在我說話途中數度點頭說：「知道了、知道了。」

「但千萬子是我們家的媳婦，可能會覺得不容易打進大家的圈子。妳就多關照她吧。」

「姊夫，這我知道。我們當然會照顧她，您就別太在意這些事了。」

看到我反抗的態度，姊夫有一瞬間緊繃住臉，最後似是下定決心般繼續說道：

「還有，美惠子的演藝活動，我實在不怎麼喜歡。說到技藝，她怎麼可能贏得過那些從小開始修習的人。要是生在那種家庭也就罷了，能劇或狂言這種東西，可不是多看幾次就能站上相同舞台的。」

「姊夫，您也犯不著說成這樣吧。」

我一氣之下，忍不住說話衝了點。我從來沒這樣對姊夫說話過。我會生氣，是因為美惠子在姊夫眼裡終究只是養女。假如是真正的女兒，只會想從旁支持，怎麼可能說出這種話？同樣是外人，姊夫對千萬子就那麼溫柔親切，為什麼他能如此露骨地給出不公平的待遇呢？這種不合理讓我焦躁難耐。

3

姊夫的心情可以說清楚地投射在當時寫的作品上。我想姊夫深信，自己感情的變化，正是小說這種藝術的核心。

所以我才會把以我當原型的《細雪》當成寄託。我是個很平凡、沒有任何能力的女人，但谷崎潤一郎這個作家發現了我、把我當成小說原型。這就是我撼動了谷崎潤一郎這個作家心靈的最好證據。

松子姊是姊夫搬到關西後創作傑作《盲目物語》、《春琴抄》等作品的原動力，而我則帶來了《細雪》。我們姊妹必然會在日本文學史上留名，這讓我無比驕傲。

不過，姊夫把我們在熱海仲田的房子命名為「雪後庵」。因為《細雪》銷量出奇地好，姊夫用版稅蓋了這房子，取《細雪》之後的意思命名，聽了之後我有點難過。

因為我察覺到，在姊夫心中《細雪》的世界已經結束了。

姊夫大概很喜歡這種命名方式，之後在鳴澤蓋的房子，他也命名為「後雪後庵」。當時，我已經有預感，可能即將有有某種巨大的改變。

姊夫受到千萬子吸引，開始奉她為作品原動力，這件事已經出現徵兆。不過真正明顯出現在作品中，應該是昭和三十四年發表的《夢浮橋》。

《夢浮橋》是苦於右手疼痛的姊夫最早以口述筆記方式寫下的小說。因此其中可能也包含無法親手書寫的不耐。他經常發脾氣，覺得寫得不夠好，連松子姊也精疲力盡。

我猜想姊夫之後應該還會有大幅修改，起初在《中央公論》上刊載時我沒看，直接等隔年發行的單行本。

松子姊在雜誌刊載時好像已經偷偷看過，看到我拿著單行本，她悄悄對我說：「應該很快就看完了，之後再告訴我妳的感想。」

怎麼了嗎？我帶著不好的預感開始讀，但是讀完之後，有好一陣子悲傷到難以自持，身體僵硬、無法動彈。

因為我覺得松子姊和我在作品中都被抹殺了。姊夫揮別了松子姊跟我，渡過夢中架起的危橋，走向另一個世界。不，說揮別或許太輕巧。說白了，松子姊和我都從姊夫的小說世界被放逐了。

「怎麼樣？」

來問我感想的松子姊眉頭緊皺。

「很有趣，但最後有點不像姊夫的風格。」

「就是啊。」

松子姊無精打采地隨口敷衍，盯著由版畫家棟方志功操刀的封面。

「姊姊妳覺得呢？」

松子姊聽到我的問題搖搖頭。

「那兩個母親茅淳應該是我們。本來以為是戀母的對象，但其實不是。他已經過了那道橋。」

果然，姊姊的想法也跟我一樣，我看著長我四歲的姊姊這張臉。以美貌自負的姊姊已經五十六歲，隨著年紀增長日漸消瘦，好像個子也矮了些。

杜鵑聲聲五位庵　今日未渡夢浮橋

這是《夢浮橋》開頭出現的歌。

設定為主角「糺」這個少年的生母所詠的歌。糺這個名字很明顯取自「糺之森」，因此「五位庵」的原型自然是「後潺湲亭」。

糺跟父親還有生母三人住在五位庵，不過生母在糺六歲時過世。父親之後續絃，後母長相舉止都酷似生母。她原名經子，但父親以糺生母的名字「茅渟」叫她。

這第二個茅渟生了跟糺同父異母的弟弟，父親卻將嬰兒送給人家。糺有含著生母乳房的習慣，此時也依然吸吮繼母漲奶的乳房。

這一段的描寫相當妖豔，讓我讀了覺得窒息般緊繃。生母和繼母，簡直就像松子姊跟我一樣，讓人看了心慌意亂。

長相舉止都十分相似，名符其實如同明暗、光影般成對的兩個女人。

我曾經聽人說過，「谷崎潤一郎就像是跟松子還有重子兩個人結了婚」。我並不認為這類言論沒有根據。身為妻子的松子姊或許有異議，但我內心深處認為姊夫夫妻需要我這個人。

松子姊忙著照顧最近愈顯衰老的姊夫身邊的大小事，而我也得照顧全心忙於照顧姊夫的松子姊，並且代替谷崎家主婦之職指揮女傭、維持家中的運作。

兩人一組的妻子，描述的正是我們。松子姊應該很清楚，假如沒有我，谷崎家也維持不下去。

符合谷崎潤一郎想像的妻子形象，以及實務上必須存在的妻子。姊夫在我們身上同時尋求這兩者。

再回到故事上，糺的父親臥病在床，命令糺迎娶園藝師梶川的女兒澤子，並且在死前留下遺言，交代糺就算跟澤子生了孩子，也要送人當養子。

這一幕讓我想起松子姊墮胎拿掉姊夫孩子的事。姊夫打從心裡害怕女人成為母親之後會成為另一種生物，不再是他尊崇的對象。

我也沒有孩子。姊夫在小說中寫道，兩個「茅渟」都不是母親，而是女人，糺心繫兩個茅渟，戀慕著母親。

故事的結尾很可怕。跟紈結婚成為他妻子的澤子，把蜈蚣放上繼母茅渟胸前，害死繼母。她讓黑色蜈蚣爬上了紈曾玩弄的雪白胸口。光是想像，這結尾就讓人覺得悚然。

澤子可不就是千萬子？讀到最後一段時，彷彿蜈蚣爬過胸口一樣，讓我渾身發顫。

小說裡澤子最後離婚，紈把送養的弟弟接回來一起生活。不過我總覺得紈和父親都是姊夫，澤子就是千萬子，都是小說的化身。

我們姊妹就像已經功成身退了一樣被小說拋棄。姊夫儘管會跟還沒有誕生的小說保持距離，但總有一天會被那奇幻魅力吸引。

小說就是如此深具魅力。因為它打開了一扇新世界的窗。這實在是充滿希望。從那道門扉隙縫照射進來的光線，想必無比神聖、眩目吧。

因為在《細雪》中出現，贏得了無人曾有的光榮，而這樣的我如今也已經跟不上時代腳步，就此被棄置。

這或許是連姊夫也無力抵抗的時代洪流。而能夠看透這種時代趨勢的，就是作家這種人。

松子姊和我都花了人生中漫長的時間，學習作家到底在追求什麼。正因為經過學習而有所獲，失落感也愈大。

但是千萬子或許憑藉著天生的直覺，瞬間體悟了我們耗費漫長時間好不容易理解的道理。這可能要歸功於她生長在藝術之家。千萬子身上有不同於我們的感性，更重要的是，她有我們永遠也無法獲得的青春。

千萬子的聰慧和青春。姊夫所沉迷的，都是我們失去已久的東西。為什麼我們得在姊夫晚年嘗到這種滋味？我不敢想像，松子姊心中的嫉妒有多麼苦澀。

然而，由於千萬子太過不平凡，她跟清一感情不睦。這或許是千萬子的悲劇。

清一這孩子個性溫柔。當我丈夫田邊喝得爛醉動粗時，他也從來不曾反抗，總是想辦法走避了事。聽說清之介死去，他也馬上趕回東京，安慰清之介的妻子阿陽。

善良的清一難道不能讓千萬子滿足？我也曾想過，跟姊夫的交流對千萬子或許最為刺激、也最為溫暖。

千萬子死產的消息傳來時，我剛好在讀《夢浮橋》。我原本期待，如果千萬子生下孩子，跟姊夫的交流也會有變化，結果很令人遺憾。

千萬子看來沮喪了一陣子，考慮到她的心情，我也去北白川住了一陣子。但清一老是不在家，因為死產這件事，兩人的關係再次降到冰點。

家裡只有我跟千萬子兩個人，我實在受不了，後來自然而然也少去了。再加上千萬子也經常回娘家山伏醫院，我也就不客氣地繼續在熱海生活。

當然，我告訴過清一盡量常回家，但是不管我們再怎麼擔心，這對年輕夫妻的感情也不可能回到從前。松子姊和我都懷疑，姊夫是不是暗地裡刺激了他們的不睦。

我住在清一和千萬子家時，則反過來可以看到姊夫的限時郵件幾乎每天送來。這裡是住宅區，所以常打照面的郵差甚至會說：「又有限時信了呢。」笑著遞過信件。

只要姊夫的限時信送到，千萬子就會雀躍地拿著信躲回寢室。

「姊夫說什麼？」

我曾經故意這麼問。千萬子的答案跟姊夫一樣。

「都寫些乃悠璃的事。」

這冷淡的回答讓我心裡充滿了不堪。姊夫跟千萬子之間，很明顯已經產生了沒有我們進入餘地的牽絆。這件事讓松子姊如此痛苦，他們為什麼要如此殘忍？我忍不住看著千萬子年輕的臉龐。

「不只這樣吧？姊夫是不是跟妳商量了很多工作上的事？」

「也有。他有時候會問我電影的角色還有導演，也會要我寫些新推理小說或者看戲的感想。姨丈說他很想知道這些事。」

以前他經常跟松子姊還有我三個人徹夜聊歌舞伎或者能劇，不過最近姊夫大概也因為身體狀況不佳，不太跟我們說話。

「他好像特別想知道年輕人的意見。」

千萬子附加的這句話又再次打擊了我。姊夫最近跟松子姊交談時，曾經不經意地說：「妳這個老太婆在說什麼。」松子姊看起來吃了一驚，但姊夫好像完全沒發現。

當然，松子姊是乃悠璃的祖母，確實已經是「老太婆」，但我想，這應該是發自姊夫內心深處的真實想法吧。松子姊比姊夫年輕十七歲。她總是很自豪，自己帶給姊夫年輕的氣息，正因為如此，松子姊受的傷也更深。

千萬子送乃悠璃去幼稚園之後就關在寢室裡，大概是在寫信吧。接著她會到坡道下的郵局去寄限時信。看到千萬子興沖沖走下坡道的背影，更加深了我設法要阻止他倆的決心。繼續這樣下去，清一跟千萬子可能會分手。到時候姊夫一定會開口要替單身的千萬子出生活費。

可是身為作家，收入可不是寫了就有。儘管收入看起來龐大，但那也只有書暢銷的時候。戰後因為《細雪》賣得好，我們才能在熱海蓋起房子，平時其實都是左手進、右手出。

假如姊夫沒繼續寫新書，之後就只能靠以往作品的版稅過活。光是這樣實在讓人不安。我心想，絕對要阻止姊夫拿錢給千萬子才行。

隔年，千萬子雖然又生產，但生下來的孩子短短十天就夭折，不巧就在姊夫替美惠子生下的第一個孩子，並為其命名之後。這是繼去年死產後的第二樁悲劇。

在那之後，千萬子跟清一關係似乎已經惡化到無法回復。清一藉口出差，一直待在九州沒回來。不用明說也知道，他在哪裡有了千萬子以外的女人。但清一堅稱自己是出差，沒有露出馬腳。

對於獨自一人扶養乃悠璃的千萬子來說，只有姊夫是她的精神支柱。他們間的書簡往來更加地密集頻繁。

接著，姊夫開始寫《瘋癲老人日記》。任誰看了都會說這是谷崎潤一郎的新境界。而替姊夫打開這個新境界的，正是千萬子。

4

昭和三十六年，十一月尾聲一個天氣稍暖的日子。我正在穿新足袋準備外出，松子姊叫住我。

「小重，妳過來一下。」

我急忙扣好足袋鉤，快速前往松子姊招手喚我的寢室。因為我馬上反應過來，一定是因為那件事。

「怎麼了，姊姊？」

我下午打算去東京探望四月生下孩子的美惠子，有點著急。

我們替美惠子精心挑選了女傭小佳，據小佳說，美惠子對帶孩子還沒有自信，經常會跟嬰兒一起哭，讓我聽了很擔心。她丈夫梅津秀夫剛好去地方公演，正是探望的好機會。

我也想順便買些熱海買不到的東西回來，像是英國製毛線、姊夫喜歡的German Bakery香腸火腿等等。到東京購物主要是我的工作。

松子姊是母親，一定很掛心美惠子，不過姊夫最近有輕微的心臟病發作，右手的疼痛始終沒有起色，有很多健康上的問題，光是照顧姊夫就忙不過來了。

松子姊瞥了廚房一眼，確認附近沒有女傭在，這才從腰帶縫間拿出一個白信封。

「這個，妳看看。」

是千萬子寄來的限時信。不管在「後潺湲亭」或者熱海，能進姊夫書齋的永遠只有松子姊一個人，女傭偶爾會進去打掃。

松子姊和我會從女傭拿出來的垃圾桶裡找出寫壞的信閱讀，最近還會趁姊夫不在偷偷拿千萬子的信來看。

偷看寄給姊夫的信，確實很無恥。但是讀過《夢浮橋》後，我一心只想著拉回渡過浮橋走到另一邊的姊夫，只想趕走那黑色蜈蚣。

「給我看看。」

我戴上老花眼鏡開始讀信。我年過五十歲後，視力也迅速惡化了。

信上除了近況報告之外還有讀書感想，又寫了些關於姊夫工作的意見等等，總覺得文字讀來有些悽愴。

她去年遭遇死產，今年好不容易生下孩子又在十天後夭折，層層打擊讓她跟清一的關係更加緊張。

時間是二十九日，第一富士十一號車兩點二十分到達東京，一點十一分停在熱海站，但我會直接前往東京，隔天三十日，我搭東京出發下午七點的火車返回。

看到這段文字時，我訝異地看了看松子姊的臉。

「沒錯。」松子姊說：「他昨天說要在東京開會，叫了中央公論社的佐佐木一起出門，其實是跟千萬約好了見面呢。」

「對，他確實說要搭富士十一號。」

姊夫昨天特地把編輯從東京叫來一起上京，預計要住一晚。松子姊本來要跟去，但是他說這次要過夜所以不要緊，自己出門了。畢竟只差一天，我也可以提前陪姊夫去東京，但姊夫聽到我的提議卻拒絕了——「中央公論的佐佐木會來，不用麻煩。」

「不過千萬也是跟妹妹一起來的，大概就是請她們吃頓飯而已吧。」

我安慰松子姊，但松子姊卻怒氣難消。

「如果是這樣那為什麼不告訴我呢？真是見外！」

「也對。」我只能附和：「對了，姊夫今天會回來吧？大概幾點回來？」

我想到自己也差不多該出門了，抬頭看看時鐘座。

「誰知道呢？他打過電話說晚餐在那邊吃，但不知道幾點才會回來。」

松子姊不悅地回答。

「千萬應該是來要零用錢的吧，就像瘋子一樣。」

《瘋癲老人日記》剛好在《中央公論》上開始連載，我也馬上讀了。寫的是老人迷上年輕媳婦的故事，幾乎就是現實中發生的事，一想到松子姊的心境，我就忐忑不安。

「千萬自以為是編輯，見了面後一定會出一大堆意見吧。」

松子姊的口氣罕見地帶刺。

「千萬很聰明哪。」我說道。

「是啊，看她得意的。」

松子姊面露不悅，將信收回腰帶間。

「不過姊夫的信也放得太隨便了，之前還會放進文件盒或者收在保險箱裡的。」

我指著千萬子的信這麼說，松子姊搖搖頭。

「他不是隨便放，他是故意放在那裡讓我看的。」

「真的嗎？姊姊？」

我雖然驚訝，但確實也覺得姊夫很有可能這麼做。

他跟千萬子的限時信往來已經持續好幾年。現在不只我們，連女傭也都開始好奇。大家都很想知道信裡到底寫了什麼。

當然，姊夫對我們的嫉妒或焦慮想必也瞭若指掌。剛開始他不想讓我們讀信，但是漸漸地，也開始享受我們的反應。

「最近他都把信大大方方隨手丟著，隨便一個女傭要順手打開來看都很簡單。」

「姊夫是不是也有點變了？之前光是問他寫什麼，他都會不高興。」

「他現在開始寫下一部小說，所以正在享受看到我們嫉妒千萬的樣子呢。」

松子姊聳聳肩這麼說。

「但是對姊夫來說，姊姊還是最愛、最重要的人。」

「誰知道呢。現在他正要變成一個真正的瘋癲老人。他扮演一個鬼迷心竅的自己，說不定演著演著，就走火入魔了。」

「真可怕。」

我不禁說出了真心話。作家這種人，靠一支筆就打算扭轉現實，我真心覺得可怕。不，與其說作家，以這個情況來說，可怕的應該是姊夫這個男人吧？一個握有權力的男人，以為自己無所不能。

姊夫在我們「兩個妻子」和大批女傭的簇擁下，日子過得為所欲為，他也漸漸成為一個玩弄女人感情的霸道主人。

「姊姊，繼續這樣下去，我們的處境只會更悲慘。萬一一切都被千萬子搶走那怎麼得了？我們得想想對策才行。妳說該怎麼辦好？」

我看著松子姊的眼睛這麼說。松子姊什麼也沒回答，只是靜靜點點頭。彷彿在說，這是當然。

前面說過很多次，松子姊和我在四姊妹當中感情特別好。

松子姊就像我的母親一樣，她美麗、聰明，累積了身為女人的豐富功績，永遠走在我前面一步，是個完美的姊姊。經過一場轟轟烈烈的戀愛之後，她跟姊夫這位偉大作家終成連理。以前的我幾乎對姊夫和松子姊言聽計從。對我來說他們的話就是絕對。

然而，自從姊夫的心被千萬子奪走，關於工作的一切都是他們自己商量決定，姊夫再也不找松子姊和我討論。甚至還把我們視為落伍的老太婆。

所以松子姊跟我必須以排除千萬子為目標，共同奮鬥才行。松子姊成為我無話不說、對等的完美搭擋。

不，正確來說，我才是松子姊的參謀，決定了一切。因為我比松子姊更討厭千萬子。

千萬子可能因為年輕、也可能因為個性使然，凡事都直接了當。

她擅自判斷我沉溺在酒精中，把家裡的酒都藏起來，還大放厥詞地說：「成為《細雪》主角原型這件事就是媽的心靈寄託吧。」對於設法想留下田邊家名的我，她還曾經語帶酸意地說：「貴族就這麼了不起嗎？」

我從不認為自己是個氣量狹窄的人。不過大概是因為世代的差異，我實在無法接納千萬子。這一點我想對方也是同樣的感覺。

姊夫曾經坦白過喜歡我，老實說，我也曾經為此心花怒放。但是現在想想，一切都是因為我跟松子姊成對相襯。因為有松子姊，我才有價值。

可是我也曾經刺激姊夫的藝術感性，建立起一個新時代。把這件事揶揄成「成為《細雪》主角原型就是心靈寄託」，對姊夫也未免太失禮了。

我跟千萬子不合，是因為她心裡對松子姊和我沒有半點尊敬。

我搭乘上午的「富士」前往東京。一想到現在姊夫跟千萬子可能正在見面密談，就覺得心頭煩亂，不過我又不知道他們在哪裡見面，只能依照計畫前往美惠子在代代木的家。

美惠子家是所謂的公寓，在一棟用鋼筋水泥打造的大樓裡。一開始我覺得住在這種地方真是沒情趣，不過聽說巴黎或紐約的高級大廈也是同樣的構造，而且都蓋得很高，這才釋然。

「田邊夫人，歡迎您來，好久不見了。」

來到美惠子家，女傭小佳出來應門。這間公寓沒有女傭房，玄關旁邊四疊半的房間就是小佳的住處。可能因為終於有可以一個人自由獨處的房間，她看起來比在熱海時更平靜穩重。

「重子阿姨，妳來了啊。」

「小佳，辛苦妳了啊。」

美惠從屋後抱著七個月大的嬰兒出現。嬰兒是男孩，姊夫給他取名柊男。幾乎就在這孩子出生的同時，千萬子失去了剛出生的孩子。過去一直被拿來跟千萬子比較、痛苦不堪的美惠子，現在看起來很幸福。

「好久不見啊，今天我要打擾一晚啊。」

「有什麼問題。今天阿清也出差來東京，說要來我家坐坐，要來看柊男。」

清一竟然也來了東京。他的妻子千萬子不知道這件事，也跑來跟姊夫見面。既然如此，我也想趁這個機會問問清一，他跟千萬子現在是什麼狀況。

清一老是出差，很少在家，很難找到他。這可說是千載難逢的好機會。

這天晚上，我跟小佳兩人準備了生魚片和牛肉沙拉，清一終於來了。我跟田邊在東京渡過新婚生活時，清一在東京念大學，就是住我家，跟我關係很好。

「咦，媽，妳也來了啊。」

清一看到我高興地笑了。他曬得有點黑，也胖了些，看起來很健康，長得愈來愈像小津清之介，這模樣在我看起來覺得無比懷念。

趁美惠子回房哄孩子睡，我小聲地問清一（我代替松子姊照顧清一和美惠子，面對清一沒什麼問不出口的事，我們之間無話不談）。

「阿清，你跟千萬怎麼了？」

「什麼怎麼了？」

清一裝傻、點了根菸。在手上轉著打火機的動作，就像清之介故作姿態的樣子，如出一轍。

5

「阿清，我聽說你老是不在家，這樣下去不要緊嗎？」

清一沒有回答我這個直接的問題，替我的杯子裡斟滿啤酒。

「媽，不是白葡萄酒沒關係嗎？」

深知女人的喜好，總能不經意地做出體貼舉動，也是清一跟清之介很相似的一點。我看著清一曬黑的臉心想，千萬子應該也是被清一的瀟灑所吸引吧。方下巴、大眼睛，很有男子氣概的臉。清一身上流著小津家濃濃的血。姊夫一看到清一的臉和個性就會想起清之介，大概也是因此而不喜歡他。

「田邊夫人，要不要我拿白葡萄酒來？」

小佳陸續端來火腿和冰哈密瓜、魚子醬，大概是聽到清一剛剛的話，這麼問我。

「不用了，先喝啤酒吧。」

「這附近可以買到很多好的葡萄酒。」清一這麼說。

「果然是東京，要什麼有什麼。代代木又特別方便呢。美惠真是住在一個好地方。我住在祐天寺時還在打仗呢。換作是現在，日子該有多愉快。」

「就是啊，熱海那裡很不方便，媽也不妨來美惠子身邊生活。每天都可以看歌舞伎，一定很開心。」

「怎麼可能天天玩樂呢？還有很多問題呢。」

我想起松子姊緊皺的眉頭，嘆了口氣。

人生總不能盡如人意。田邊去世後我寄身姊夫家，一心只想著輔佐姊夫夫妻，卻得對付礙事的傢伙。

清一好像不太想聊，板著臉一口氣喝乾啤酒。看他自己又倒滿啤酒，我終於說開了。

「阿清，我剛剛說的那件事，今天一定要問個清楚，你是不是把千萬和乃悠璃放在家裡，一天到晚出去旅行？」

清一大感意外，急忙嚴正地回話。

「媽，我不是旅行、是出差啊。我雖然常不在家，但那都是工作，我也沒辦法啊。」

「但是你怎麼能放著家人不管呢？千萬和乃悠璃都會覺得寂寞的吧？」

清一好像突然湧起一股怒氣。

「這些您是聽誰說的？」

「是姊夫啊。姊夫他很擔心，說『清一一天到晚旅行不在家。家裡只有女眷，這樣太不安全，到底怎麼回事？』我都不知道該怎麼回答他，姊姊也很為難。我也不想說這種話，但你們是我家的養子，我想難聽的話不該由姊姊說，是我的責任，我才會跟你說這些。」

「原來如此。」清一抽著菸苦笑了起來。煙霧燻著他眼睛，讓他皺著臉。「原來是經過姨丈啊，那可糟了。」

「怎麼說？」

「反正消息都是從千萬子那裡來的吧。我想應該是千萬子寫信跟姨丈告狀，姨丈才生氣的，對吧？」

我沒開口，靜靜點了頭。清一也數度點頭，一臉果然如此的表情。

「我就知道是這樣。千萬子現在一心都只想著跟姨丈通信，她總是偷偷在寢室寫信，我有一次半開玩笑地想偷看，『妳都寫些什麼，該不會是寫我壞話吧？』結果她還用手把信遮住說：『寫你不懂的文學。』我回她：『是嗎？文學話題我確實插不上話。』結果她回我：『你的心不在這裡，什麼話題都插不上吧。』」

清一轉動著他的大眼珠，看著半空。

「話說得真過分。千萬那張嘴也真是的，說得這麼直接。」我探出身子，「不過阿清，你也要爭氣點。萬一離婚，誰要養活千萬她們母女啊？」

「誰知道呢？應該是山伏家，或者千萬子自己可以想辦法吧。她那麼能幹。」

看清一說得事不關己，我終於受不了。

「事情沒這麼簡單啊，阿清。一個女人帶著孩子，該怎麼活下去？如果沒有人幫忙，是沒法過日子的。娘家也不可能靠一輩子，想想妳親娘就知道了。姊姊被清之介拳打腳踢後在家裡待不下去，才帶著你和美惠離開家，不是嗎？你們被迫住在海邊一個破房子裡，日子過得那麼淒慘，你都不記得了嗎？」

清一閉上眼睛點點頭。

「記得，我記得很清楚。」

小佳貼心地端來白葡萄酒和酒杯。

「謝謝啊，小佳。」

我最愛喝冰涼的白葡萄酒。這裡沒有千萬子，沒有松子姊和姊夫，梅津也外出了，美惠子家是我可以不受任何拘束的天堂。

我擁有自己的房子、能自由生活，只有戰爭時在祐天寺那段時期。那時候跟我在一起的就是眼前的清一跟已經過世的田邊。

一個單身女人過日子的苦處，自由慣了的男人一輩子也不會懂。

「媽，請用。」

清一替我倒了一杯白葡萄酒，我也不客氣地喝了。清一改喝溫日本酒，配著生魚片吃。

我們安靜了一陣子，各自喝著喜歡的酒。

小佳端來新熱好的日本酒壺，我問她：「美惠子呢？」她回我：「跟孩子一起睡著了。」

「那別吵她，讓她睡。」

「帶不慣孩子，累了吧。」清一說。

我們相視微笑。

「那孩子也是年過三十才結婚。」

「不過能結成婚真是太好了。」

「就是說啊。」

我們有一搭沒一搭地聊著，清一似乎也終於打算跟我坦白。他先吐了一口氣，然後小聲不讓廚房那裡聽見。

「媽，我老實告訴您，我在九州那裡有個喜歡的女人。千萬子也知道，我們總有一天會分手。但現在乃悠璃還小，應該還會再等一陣子。」

「果然是這樣，這就麻煩了。你心意不會改變？」

我忍不住說出真心話。

「對不起。想到乃悠璃雖然不忍心，但是我跟千萬子實在處不來。」

清一垂下頭小聲地說。

「這也沒辦法。畢竟千萬的心也不在了。」

「是啊。」清一輕輕點了頭：「對姨丈來說可能是作家的遊戲，可是別看千萬子那樣子，她可是很認真，我想她真心依賴著姨丈。」

「不過你有了喜歡的人，這跟你和千萬的事有關嗎？」

聽到我譴責的口吻，正搖著酒壺確認裡面還有沒有酒的清一大驚，抬頭看著我。

「媽，您比以前更可怕了，話說得這麼白。」他笑著說：「畢竟我們是夫妻，我想不至於完全無關。但是我也說不清楚哪個在先哪個在後。」

是什麼漸漸改變了兩情相悅而結婚的這兩個人？

「看來，幸好你們沒有跟我們一起住在潺湲亭。」

我脫口而出，但清一委婉地回答。

「可是我跟姨丈住在一起時也受了許多好處，事情沒有這麼絕對啦。」

清一的觀點很公平。

「那你會去九州嗎？」

「現在還不能聲張，但我是這麼打算的。九州是個好地方呢，酒和魚都好吃。在我們看來，東京在東邊，文化不太一樣，但是九州在西邊，總覺得很有親切感。」

「是嗎？」

「不過姨丈應該會覺得只是鄉下地方吧。」

「姊夫也成了偉大作家呢。」

我們再次沉默，喝著各自喜歡的酒。我知道清一打算一個人遠離谷崎家，心裡覺得很寂寞。

姊夫確實以他寬容的心照顧著許多人。他給了清一和美惠子家，讓他們衣食飽暖，還給他們受教育，生活在奢侈的環境中。但姊夫對於這個王國裡不需要的人，根本上是很冷酷的。

清之介的長男清一就是第一個被排擠出去的人。再加上他妻子的心也被奪走，他終於選擇自己離開這個王國。

最近姊夫挑選女傭時也愈來愈偏激。好不容易請來的女孩，他可能因為不喜歡說話聲音、不喜歡手太乾燥粗糙、不喜歡柔弱的樣子、不喜歡奇怪的咳嗽聲等等理由，親口叫人家「明天不用來了」。

「最近姨丈身體狀況如何？心臟病還發作嗎？」

清一擔心地皺著眉問。咦，這樣看起來也很像松子姊，我凝視著清一的臉回答他。

「這個嘛，狀況不太好呢。右手還是一樣又麻又痛，現在都靠口述筆記來工作。而且也換了好幾個人，最近又請矢吹小姐回來了。」

「給千萬子的信他卻自己寫？」

清一岔題這麼回，我也忍不住笑了。

「就是啊，忍著手痛在寫呢，我跟姊姊笑著說，大概寫些很不想被知道的事吧。」

「不過啊，」清一大口大口喝著酒繼續說：「每天都寄限時信還真不得了，在我家附近大家都知道，谷崎先生每天都會用限時信寫情書給這家太太。」

清一苦笑地說。

「這樣你也很難跟千萬一起生活吧。」

「所以我也在考慮搬家。北白川仕伏町那裡最近房子變多了，跟之前的景色完全不同。姨丈知道了之後興致勃勃，說他也想住京都，要我們一定要找東山那邊的房子，開出北到修學院、南到南禪寺為止的條件。千萬子現在滿腦子想要蓋新家，真不知道她哪裡來這麼多錢。」

我聽了一驚。我知道姊夫一定打算出錢讓千萬子蓋新房子。

「姊夫說他要在京都蓋工作室嗎？」

「好像是啊。應該是想蓋房子給我們、不，給千萬子吧。」

「他的建築興頭又來了。」

我嘆了口氣。姊夫每蓋一次房子就會耗盡積蓄。能蓋一棟理想中的房子，是人生中最大的奢侈，但姊夫一年到頭都滿腦子想蓋新家。

不管蓋出來的房子有多喜歡，經過幾年還是會有不滿。這裡不喜歡、那裡應該這樣才好，又開始說起對新房子的憧憬。在姊夫眼中，房子就跟女人一樣。任何房子或女人，一旦習慣就會失去新鮮感，就會覺得乏味無聊。這可能是姊夫的一種病。

再說，雖然我知道他最疼千萬子和乃悠璃，但如果要替跟清一離婚後的千萬子母女蓋房子、照顧她們生活，以姊夫的年齡來說也不太可能吧。

我心裡經常替松子姊擔心。姊夫的財產是靠姊夫的能力累積起來的，但也是因為松子姊在一旁盡心盡力，才能有這樣的成績。想想姊夫的年齡，更應該避免無謂的浪費、厲行節儉才是。要不然姊夫的存款轉眼就會見底，跟姊夫相差十七歲的松子姊老後將一點保障也沒有。

很多人會說，反正將來能拿版稅，但誰知道書能賣多久呢？時代會變，人心也會變。出版的世界瞬息萬變，不能把將來寄望在版稅上。戰時《細雪》因為描述奢侈而遭禁，嘗過這種體驗的我，面對形勢更加慎重。

「雖然田邊的財產幾乎等於沒有，如果你離婚，應該全部會變成乃悠璃的。這一點你已經有心理準備了吧？」

「媽，看來我們一家要四散東西了。」

清一好像喝得很醉，紅著臉這麼說。我心裡覺得，清一是自己打算離開我們的，心情想必很輕鬆，這些話我當然沒說出口，內心卻寂寞得難受。

6

可怕的是，松子姊和我對於偷看千萬子來信這件事，漸漸覺得無關痛癢。姊夫究竟寫了什麼，只能從撿回的廢紙推測，所以我們只好從千萬子的信裡反推，而這樣的過程意外地還挺有意思。

根據信上的內容，千萬子非常聰明，一點都沒有跨越界線的舉動。反而是姊夫有時會興奮激動、或者語出挑逗。千萬子接過姊夫丟來的球後，會巧妙地擲回變化球。大概是這種感覺吧。我一方面佩服這女人年紀輕輕竟然如此聰明，同時也再次下定決心，絕對不能輸給她。

但我最在意的，還是千萬子的家庭即將瓦解這件事。

清一告訴我他可能要離婚，我馬上向松子姊報告，而松子姊擔憂的事跟我一樣。

我想清一的想法應該不會改變，那麼只好盡量讓姊夫對千萬子家計的幫助減到最小程度。

清一是松子姊的親生兒子，可是姊夫出手幫忙媳婦，再怎麼想都名不正言不順。如果是跟孫女有關的費用就罷了，但姊夫似乎讓千萬子過盡了奢侈生活。

除了零用錢和滑雪費用，他還買過貂皮大衣和寶石給她。他拜託好友沼澤先生的媳婦，挑選送給千萬子的皮包和衣服給她送去。我們得經常監視著他們兩人，要是稍有巨款支出，就得馬上阻止。

「姊姊妳大可放寬心。」

我決心攬下一切不堪的工作，要松子姊裝作什麼也不知道。

因為我知道松子姊的懊惱和焦躁遠勝於我。當然，這是因為她是姊夫的妻子，同時，身為一個累積了豐功偉績的女人，她現在面臨到自信動搖、脆弱失墜的危險。這是我的新發現。

記得應該是夏天的時候吧。姊夫活動身體愈來愈吃力，我們為了他，把鳴澤家裡十二疊大的和室改裝成西式房間。改成在椅子上生活，對身體負擔較小。

當時我們用龍村的緞面料子定做了一張沙發床。那是一張很豪華的沙發，有客人的時候還可以當床舖使用。不過美惠子回娘家時，姊夫卻不讓她用這張床。

我覺得很遺憾，畢竟是好不容易訂做的，不知道姊夫為什麼不讓人使用。

到了秋天吧，一天我經過這間改裝成西式房間的和室前，看到松子姊正躺在沙發床上，很是驚訝。

「姊姊，妳怎麼了？」

我笑著問，松子姊也忍不住笑了，這麼對我說。

「這張床看了就討厭對吧？所以我想先來躺躺。哼，還真是舒服。」

什麼意思？看我偏頭不解，松子姊繼續躺著望向天花板。

「他打定主意要讓千萬第一個用這張床。」

原來如此。這時我終於想通，點了點頭，松子姊則一臉無奈地看著我，就像在說，妳怎麼這麼遲鈍。

「前一陣子美惠子帶孩子回來，他不是不讓人用嗎？聽到我說讓美惠子他們住在這房裡，他馬上說，不行、那裡不行。所以我就懂了，這是給千萬用的哪。」

嫉妒女人的直覺也特別準。這一點我怎麼也贏不過松子姊。

而且松子姊還一人分飾多角，對，就像個女演員一樣。在姊夫面前她飾演注意丈夫健康、堅韌又坦率的妻子，千萬子帶乃悠璃來玩時，她是個溫柔的奶奶。而外表一點都看不出她已經被黑暗嫉妒焚身的樣子。

我則代替她監視千萬子，想盡辦法阻撓，不讓千萬子和姊夫單獨相處。

《中央公論》論上的《瘋癲老人日記》在聲聲好評中結束連載，中央公論社發行了單行本後立刻成為暢銷書。這本書跟《鑰匙》一樣邀請畫家棟方志功繪製封面，震撼力十足的版畫美得叫人讚嘆，也因為書中談論過去向來被視為禁忌的老人性事，引起世間的高度關注。

姊夫似乎也很樂於自己扮演書中主角卯木老人，還跟著名演員淡路惠子一起參加廣播節目，看來相當滿足。

當然，大家也對據說是颯子原型的千萬子很感興趣。畢竟書中描寫了主角卯木老人迷上了媳婦颯子美麗的腳，要求舔腳指頭。

> 雖然告訴自己不能興奮，說也奇怪，腦子裡這麼想、卻沒有停下吸吮她的腳趾。無法停止。不，愈是想停止就愈會發狂似地吸吮。不成、會沒命，一邊這麼想一邊吸吮。恐懼、興奮、快感，輪番衝擊著胸口。胸口有一股類似狹心症發作的激烈疼痛。

這場面既滑稽、又悲哀。讀到這一段時，我忍不住一陣心慌，這該不會是真實發生的情景吧？

當然，我們身為作家的妻子和妻妹，一丁點都不認為把實際發生的事寫下就叫做小說。但我們之所以心情如此躁動，是因為姊夫的小說已經轉向跟以往作品完全不同的方向。那是一種「妖氣」。

我看完作品後瞠目結舌，沒想到老人性事竟可以如此妖豔。我再次感嘆能毫不忌憚下筆描繪的姊夫實在是位偉大作家，同時對於引發他這種感性的千萬子也懷著強烈羨慕。《細雪》的時代，早已結束。

姊夫在《瘋癲老人日記》最後，原本打算讓卯木老人死去。不過在小說連載期間，大家在京都飯店見面時，千萬子這麼對矢吹小姐說：

「姨丈好像想讓老人死掉，但我覺得活著比較有趣呢。妳不覺得嗎？」

我忘記當時她是怎麼回答的，不過我也覺得卯木老人寫的就是姊夫自己，就算只是在小說裡，我也不希望他死。姊夫身體狀況也終於恢復，總覺得這樣不太吉利。

松子姊也是一樣想法，我們兩個異口同聲。

「就是啊，讓他活著比較好。」

最後姊夫在小說結尾讓「卯木老人」活著，而每當大家談起結尾，就會說這是千萬子的功勞。由這件事也可以知道，周圍的人也很明顯地感受到，谷崎家年輕媳婦千萬子的發言份量增加不少。

每當人家稱千萬子是「谷崎家的媳婦」，我就很想訂正，是「田邊家的媳婦」。不過這件事始終沒有被訂正，世間就這樣繼續流傳：颯子的原型來自谷崎家年輕媳婦。

我很擔心這件事會助長千萬子的氣焰，曾經不經意地提醒過她。

當時正在熱海富士屋飯店舉辦姊夫的「喜壽之宴」。我在大廳碰到千萬子。

「喜壽之宴」舉辦的時間正值盛夏，我們都穿上為了這一天特別訂做的絲紗質正式和服，不過年輕的千萬子身穿洋裝，碎花圖案的套裝裡面搭配黑色絲質襯衫。

當時還很少人穿黑色，所以她這一身打扮非但不低調，反而更搶眼。千萬子的服裝經常以黑色為主色調，跟其他女人的打扮風格不太一樣。

宴會開始前，大家都在和室宴會廳和飯店大廳等待。乃悠璃跟藍子小姐的女兒一起到院子裡去玩了，千萬子一個人坐在大廳沙發上，翻著《朝日俱樂部》的彩頁，好像很無聊的樣子。

《瘋癲老人日記》大受好評，男人們熱烈地慶祝姊夫的成功，但對於其靈感來源——媳婦——似乎都不知該怎麼搭話才好，都與她保持著一點距離。

跟千萬子處不來的清一好像也覺得尷尬，一臉嚴肅地正在跟沼澤先生的公子談公事。

「千萬，現在方便嗎？」

千萬子看到我，微笑地站起來。

「媽，什麼事？」

我在她對面坐下，千萬子闔上《朝日俱樂部》放在旁邊，端正了坐姿。

千萬子毅然的態度釋放出一股暗示孤獨的氣息，我不禁有些心痛。

跟她敵對的我，為什麼要覺得心痛呢？我不知道。不過，我總覺得好像無法用「奢侈又好強的媳婦」這麼簡單的形容來看待她。

但我必須保護松子姊，我明白地開了口。

「也沒什麼，只是想先跟妳說清楚。」

「是。」

我可以看到千萬子纖細的脖子動了動，好像很緊張。

「其實《瘋癲老人日記》的原型也不見得是千萬。」

千萬子吃驚地看著我的臉。

「什麼意思？」

「小說這種東西，有時候只是借用一個人的外在，內在寫的是完全不同的人，也有時候會用完全不同的外在投射某個人的內在。所以就算有人說妳是原型，妳也要否定。」

那個瞬間，千萬子看著我的眼睛裡，彷彿帶著一股憐憫，我的身體頓時熱了起來，幾乎想大叫，不要用那種眼神看我。千萬子現在應該在心裡輕蔑我吧。

千萬子乾咳了幾聲後低聲回答道：

「媽，我從來沒想過自己是《瘋癲老人日記》的原型，也沒這麼說過。如果您從誰口中聽說，我想那應該是有什麼誤會。」

我一邊在意旁人的眼光，一邊小聲地說：

「那就好，我只是希望妳不要去附和外面的聲音。」

說完後我偷偷看了周圍一圈。姊夫靠著和室宴會廳的柱子坐著，身邊是松子姊，再旁邊是美惠子和秀夫夫妻，眾人在此等待大家到齊。我覺得松子姊好像往這裡看了一眼。

「我從沒想過要附和外面的聲音，真沒想到您會這麼說。」

千萬子聲音果決地說。

「那就好，這件事就說到這裡吧。」

我接到通知，遲到的來客此時終於到達，正想站起來，這時千萬子叫住了我。

「媽，您不要逃。」

這是什麼無禮的話？我望向千萬子的眼睛，她看我的視線裡飽含怒氣。

「我不知道您為什麼對我說這種話。我當然也知道大家都說姨丈每部作品裡都有原型。他們一定覺得《瘋癲老人日記》寫的是我吧？淋浴的描寫或者在院子裡烤肉等等，可能是從我生活中獲得的靈感。但小說是虛構的。我是畫家的孫女，我很清楚藝術作品中原型的角色。媽，您不用太擔心。再怎麼樣我也不會自己去宣稱我是作品原型的。」

千萬子話說得肯定，然後望向宴會廳，又繼續說：

「我想姨媽可能也在擔心吧。不過還請您轉告她，請不要誤會。」

說完之後，千萬子站起來行了一禮。抬起頭來的千萬子臉上露出一絲驚訝的表情，我循她的視線望去，看到姊夫正用炙熱的眼神看著千萬子。那是十七年前在西山凝視我時一模一樣的眼神。那時候我也跟千萬子一樣，被姊夫愛著。但是姊夫的愛情竟是如此多變。我別過了眼。

7

昭和三十八年一月，姊夫以《瘋癲老人日記》一作榮獲昭和三十七年度的每日藝術大賞。《瘋癲老人日記》的成功，從連載時的熱烈迴響就已經能充分預料。

除了描述老人性事這種禁忌話題之外，我覺得每個人對於現實中谷崎潤一郎和年輕媳婦的交流是否跟小說一樣都很感興趣。

姊夫就好像為了回應街頭巷尾的好奇心般，愈來愈不隱藏他對千萬子的執著。他彷彿被自己所寫的小說給侵蝕，不，就好像依照小說裡編排的劇情般，讓現實漸漸趨近小說。

我甚至覺得，姊夫奮力讓自己扮演卯木老人，演著演著，他也逐漸分不清千萬子和颯子的區別，一頭栽在這當中。這時期的姊夫就有種如此虛實交織的妖氣。

同時，姊夫也開始對外宣稱千萬子是自己的創作泉源。當然，這也代表他們兩人的距離更近，所以信件往來更比以前頻繁。

早上寄出給千萬子的限時郵件，中午收到千萬子寄來的信，傍晚寄出回信。而千萬子針對前一天的信所寫的回信會在晚上以限時送達。因此女傭常常得跑郵局。

日子一久，女傭開始對跟自己年紀相去不遠的千萬子爆發不滿和嫉妒。這可能也跟姊夫在《瘋癲老人日記》之後以她們為原型寫下《廚房太平記》這部作品有關。

為了送來千萬子的信、寄出給千萬子的信而疲於奔命的女傭覺得忿忿不平，明明自己也是小說的原型，為什麼待遇卻如此不同？松子姊、我，還有家中六、七位女傭，谷崎家幾乎所有女人都對千萬子反感。

就在這樣的日子裡，家裡一個能力不錯、反應靈敏的年輕女傭阿昌深受姊夫喜愛，有時還會要她幫忙完成口述筆記。阿昌特地來找我。

阿昌今年大概二十五歲，比千萬子年輕。她有一對上揚的眼睛，脾氣很強，鼻孔稍微朝上，長相可愛。姊夫說過，阿昌的臉蛋跟個性都很鮮明，讓人看了痛快。她也經常幫忙姊夫書齋裡的工作。

「田邊夫人，我知道自己不該多事，但是方便問您一件事嗎？」她先這麼聲明後，繼續問道。

「老爺到底都寫些什麼給少夫人啊？老爺手那麼痛，老是抱怨手痛、一大早就麻到好像泡過冰水，總是心情那麼差，但是只有寫給少夫人的信他全部自己寫。那就不要一天到晚挑剔我寫的東西錯字多，還挖苦我『連這種漢字都不認識怎麼活到現在的？』全都自己寫不就成了？」

姊夫老是用些荒謬的理由，親自開除他不喜歡的女傭，表現出他暴君般的一面。所以女傭一方面害怕姊夫，同時也對與千萬子間的待遇之差感到憤怒。

以前姊夫還會帶喜歡的女傭出去散步，買首飾送她，但最近他身體狀況不佳，脾氣更是捉摸不定。

「有什麼辦法，誰叫千萬也幫忙老爺工作呢。」

我隨口敷衍了幾句，但阿昌卻憤然噘起嘴唇。

「夫人，您真的這麼想嗎？」

我當然不能回她「怎麼可能，我才沒有這樣想」。只能沉默下來，阿昌無奈地說：

「田邊夫人，那傢伙只是個痴呆好色的老頭啊。」

「妳！什麼『那傢伙』，妳在胡說什麼？什麼『痴呆好色』，要是夫人聽到會嚇壞的。」

「是真的啊，大家都這麼說。」

被我責罵之後，阿昌還是沒有要道歉的意思，滿臉不以為然。姊夫很欣賞出身東京舊市區的阿昌這倔強脾氣，所以她始終沒有要改掉脾氣的跡象。

「就算是這樣，也不能說得這麼露骨。這裡可是文豪谷崎潤一郎老師的家呢。」

看到我面有難色，阿昌這才低下頭。

「對不起啦，我說話太難聽了。可是田邊夫人，我每次去郵局的時候都會這樣透著光看。」

阿昌拿信封透著光看。

「老爺給少夫人的信封會偷偷放入現金或支票呢。而且最近大概每三、四次就有一次放錢，不，應該更常吧。大家都說，放錢的頻率比以前更多了。」

阿昌一不小心就說溜了她們女傭房間的話題。我正要說教，阿昌打斷我，用兩隻手指頭比了比厚度。

「上次還放了這麼厚的一疊鈔票呢。我忍不住想問老爺，這不用寄現金掛號嗎？」

我知道姊夫會寄錢給千萬子。雖然不能大聲張揚，不過我跟松子姊幾乎看過所有千萬子寄來的信。再加上最近很擔心事態演變，所以一定會過目。

最近千萬子的信裡突然多了許多央討。她原本就生長在奢侈的環境中，姊夫又覺得有趣，買了許多東西給她，就漸漸沒分寸了。不，說不定千萬子的需索是兩人間的一種遊戲。一會兒說想要滑雪外套、一會兒又是最新的金屬製滑雪板，還說要飾有亮片的室內鞋，只要她開口，姊夫就會開開心心買給她——什麼什麼？原來還有這種東西啊。千萬子總是會挑選姊夫不知道的時髦進口貨或最新流行品，寫信來討。

松子姊和我都只穿和服，我們看得出布料好壞或者腰帶的價值，可是千萬子討的那些東西我們完全不懂。跟和服比起來價錢應該都沒什麼大不了，可是這些東西就像在說我們是上了年紀的老太婆，讓人愈想愈生氣。

年輕的千萬子會想要的終究不是什麼昂貴東西，其實也沒有大礙。問題是現金。千萬子總會先說個前提：「我知道自己不該開這個口，實在很難為情。」然後又是狗屋的錢、又是滑雪旅行的錢，五萬、七萬地要。

她甚至還寫過，希望能每個月固定給她定額生活費。姊夫是個好人，千萬子開口拜託，他一定會照辦。

清一在大型建設公司上班，但收入不足以負擔千萬子的奢侈。再說，就像他告訴過我的，他在九州有喜歡的人，這麼一來，等於得支付雙重家計。在京都的生活費捉襟見肘也不難想像。

我又提醒了阿昌一次。

「阿昌，剛剛那件事可不要傳出去，別跟外人說。連矢吹小姐或者中央公論社的人也不能說啊。」

我內心相當驚愕，沒想到女傭都知道姊夫給千萬子錢這件事。

阿昌點頭答應：「知道了。」但臉上卻寫滿了不服。

「田邊夫人，其實我也不想這樣講，但您不覺得少夫人很厚臉皮嗎？」

「厚臉皮？比方說哪方面，妳說說看。」

「反正都已經說到這個份上，我就一五一十告訴您了。少夫人來這裡的時候，都會自己從走廊的書架上偷書呢。」

偷書？這話傳出去可不好聽。我再次感到驚訝，同時也確實很生氣。

大家都知道，千萬子比誰都愛看書，可是走廊那座書架上放的都是姊夫重要的書籍。裡面還包括裡川端康成老師、三島由紀夫老師，還有伊藤整老師等人的珍貴贈書。

「這事可是真的？」

「真的。而且她不是隨手拿，是相中自己喜歡的作家後偷偷抽走。上次來的時候就偷了三島老師的書。」

「偷」這個字讓我不禁敏感起來。

「這可不行。謝謝妳告訴我，往後如果發現了什麼，別客氣儘管告訴我。」

「好，我知道了。」

目送阿昌離開後，我到和室去找松子姊，她正在仔細挑選衣服。她攤開最心愛的紫色和服禮服，搭配龍村的腰帶。

「哎呀，小重，我在想要穿這件去每日藝術大賞的頒獎典禮，妳覺得配哪條好？」

「這個不錯啊。」

我指向深紅底上繡有萬年青的刺繡腰帶。

「果然還是這條好啊。」

在問別人之前松子姊早就心意已決了吧。她滿意地點點頭。

「不過萬年青這圖案怎麼樣?」

「很特別啊，挺好的。」

看到我沒什麼興致，松子姊偏著頭覺得有異。

「對了姊姊，妳聽說了嗎?千萬會從書架偷書這件事。」

「我不知道!」

松子姊一臉訝異地搖頭。

「聽說她會擅自拿走自己喜歡的書。」

「怎麼幹這種齷齪事，真討厭。」

松子姊明白地顯露她的怒氣。

「要不要像上次那樣去警告警告她?」

我想起去年夏天在熱海富士屋飯店提醒千萬子的事。那時候我們說起故事原型的問題。

「算了吧，不用了。一、兩本書也不是什麼大不了的事。」松子姊顯得意興闌珊。「比起這個，聽說千萬他們打算在京都蓋房子呢。」

「妳這麼一說，阿清確實說過類似的事。不過地應該還沒決定吧？我記得開出的條件並不好找啊。」

我想起在東京美惠子家時跟清一聊過的內容，清一當時這麼說：「北白川仕伏町那裡最近房子變多了，跟之前的景色完全不同。聽了之後姨丈興致勃勃，說他也想住京都，要我們一定要找東山那邊的房子，開出北到修學院、南到南禪寺為止的條件。千萬子現在滿腦子想要蓋新家，真不知道她哪裡來這麼多錢。」

「聽說千萬來通知，說已經找到好地方了。好像年底已經付了保證金呢。」

「不是阿清來通知的？」

「他說是千萬。」

也就是說，松子姊也是經由姊夫那裡知道的。我原本以為，就算北白川仕伏町附近環境改變，想找新土地蓋房子，也沒那麼快實現，消息來得這麼快實在讓我驚訝。

「地點呢？」

「聽說是跟法然院買下的。」

「法然院嗎？」

我嘆了口氣。因為姊夫夫妻才剛在法然院買了墓地。那裡放了雕有姊夫親手寫的「寂」和「空」字的自然石，姊夫夫妻和我們田邊夫妻都預計入葬。

「法然院前面那條路，往北的坡道下去，有疏水道包圍的地方。他很高興，說是塊好地方。」

「姊夫嗎？」

松子姊看我表情狐疑，半嘆著氣說：

「是啊，他一直稱讚是個好地方。還說，這麼一來死了也可以跟乃悠璃在一起。」

我心頭一揪，忍不住看著松子姊的臉。松子姊微笑地說：

「我當然也知道這不是真話。他是隔著乃悠璃在看著千萬呢。所以死了還希望能在一起的，是千萬子啊。」我苦笑著說。

「姊姊，妳想太多了。」

「不，我都知道。他打算以在千萬住處裡工作的名目替她出錢。我說是名目，因為我很清楚他現在就算有地方工作，也不可能再工作了。」

這一點我也想過，但是姊夫決定的事不管任何人怎麼說，都不可能推翻。我心想，如果跨過這一線，松子姊跟我就沒有存在價值了。所謂一線，是指我們承認，姊夫死後也會繼續跟千萬子牽纏。

8

假如清一和千萬子要買下法然院的土地，在那裡蓋新家，勢必得動用賣掉北白川仕伏町那塊地跟房子的錢。不過可以肯定的是，就算這樣錢還是不夠。再說，順利賣掉之前，需要的各種費用，到底要從何籌措？

仕伏町的家是田邊家的財產，所以是清一的名義，之後會由乃悠璃繼承。正確來說，這房子跟媳婦千萬子並無關係。

但是千萬子聽說法然院要賣土地，就自顧自地商談土地買賣，完全沒聽我的意見，就決定要買。我和松子姊都很驚訝，心裡也都很不舒服。

很明顯，這個決定一定跟姊夫有關，身為妻子的松子姊獨自被排除在外，不管作為谷崎潤一郎夫人或者作為這一家的主婦，都有失立場。

不僅面子掛不住，更讓松子姊擔憂的是，姊夫到底要出多少資金？誰都知道，姊夫開口說要在千萬子住處裡準備工作室，只是方便他幫千萬子出錢的藉口。

關於再次在京都準備工作室這件事，姊夫是這麼說服松子姊的：

京都跟東京不同，是一片可以獲得藝術刺激的土地，對於今後的創作活動有其必要。再說現在冷暖氣設備比以前完備，即使在酷暑嚴寒的京都也可以生活得比以前舒適許多。

姊夫一端出藝術，松子姊就無話可說。但松子姊心裡龐大的不安，就是清一夫妻已經貌合神離，很明顯，將來總有一天那裡會剩下千萬子一個人——

身為妻子的尊嚴被踐踏到這個地步，竟然還得替千萬子往後的日子操心？松子姊會覺得不滿也是理所當然。

「阿清好像打算遲早要跟千萬分開，到時候法然院那房子就只有千萬一個人住不是嗎？我們的墓也會在法然院，千萬是不是打算替他守墓啊？」

我看著松子姊的臉。她年近六十，雪白的臉上還是一絲皺紋都看不見。但她年輕時膨潤的臉上，衰老的陰影展現在她凹陷的顴骨下。

「守墓？那就請她好好守啊，有什麼關係？」

我故意說玩笑話，可是松子姊沒有笑。

「才不要。我可不要讓千萬來守我的墓。我也不希望想這些事，但是他再活也沒多少日子了。不久之後妳跟我也會死。所以他是為了讓年輕的千萬守墓，才替她買下法然院的土地吧。」

「不是啦，應該是為了乃悠璃吧。」

松子姊搖搖頭。

「不，乃悠璃個性活潑，她長大之後應該會去東京還是其他地方吧。而千萬會一個人繼續留在京都。我不想替她出這個錢。平常滑雪、貂皮、珍珠，不知道討了多少東西。為了讓千萬過奢侈的日子，他可是忍著手痛在工作呢。」

松子姊用罕見的堅定語氣說道。

「說得沒錯。」我長嘆了口氣。

「到底該怎麼辦好？如果真的就這樣，『好啊，那要用多少錢請便』，只是，要是真的出了這筆錢，我這口氣又嚥不下去。」

我的嘆息好像也傳染給了松子姊，她沉著臉，也嘆了口氣。

「我說姊姊啊，我去問問山口先生怎麼樣？」

我鼓起勇氣開了口。這個叫山口的人從出版社屆齡退休後，在姊夫身邊做些祕書的工作。

姊夫書齋裡有類似矢吹小姐這樣的助手幫忙口述筆記、整理資料，或者代替姊夫打電話，除此之外還有管理稅務的工作，或者有大小活動時，負責對外聯絡的人出入。

「山口先生啊。可是我不認為他什麼都知道。」

松子姊點了點頭，不過好像還沒下定決心。

「我猜山口先生應該曾經幫忙送錢給千萬。」

「這可是我們的家醜，讓外人知道好嗎？」

松子姊突然膽小了起來，我趕緊再推一把。

「我覺得那個人口風夠緊。他說不定知道些什麼，我去問問看。」

「也對，那就麻煩妳了。」

剛好隔一週我有事要去東京找美惠子，是個好機會。

不過在見山口之前，又有個小事件。跟我告狀千萬子偷拿走廊書架裡的書那個女傭阿昌，拿著姊夫寫信的草稿廢紙來。

「田邊夫人，方便借一步說話嗎？」

阿昌隔著紙門對我說。這時我剛好在自己房間舒舒服服地喝白葡萄酒，不耐煩地回道：

「有急事嗎？」

「也不是，但我想這東西還是別丟掉，先給您看看比較好，就帶過來了。」

我一聽馬上知道，是姊夫和千萬子，立刻站起來拉開紙門。

身穿長袖圍裙的阿昌低頭跪坐在走廊上，把一張皺巴巴的廢紙塞給我。

「這是什麼？」

「老爺是痴呆好色老頭的證據。」

「噓！胡說什麼！」

我急忙看看四周。幸好松子姊跟其他女傭不在；我也知道再怎麼擔心，反正阿昌都已經說出去，已經成為女傭房間的話題了。我拉過紙片打開來看，上面畫滿了斜線和叉叉，但還是勉強可讀。

何事不羨羨家貓　狂狷之心唯吾知

「這是老爺的情書呢。」

阿昌揚起下巴輕蔑地說。我急忙折好廢紙塞進懷中。

「這事誰也不許說，知道了嗎？」

「知道啦。」

阿昌臉上寫滿誇耀之情，點點頭馬上轉身離開。看到她得意洋洋的背影，我也有些不忍，想必平常一直被姊夫拿來跟千萬子比較、斥責，讓她受了不少委屈。

就算不看這種歌，誰都知道姊夫已經滿腦子都是千萬子。他還說要出一本「千萬子的信」書簡集，又說要出千萬子的寫真集，讓她送近照過來。甚至還讓千萬子在婦女雜誌上寫稿。看樣子這下千萬子不只自以為編輯，要不了多久，還會自以為跟姊夫一樣是藝術家呢。

不過從這首歌依然可以發現，姊夫已經到達感情的巔峰。知道姊夫的心已經不在自己身上的松子姊，會是什麼心情呢？我對傷害松子姊的姊夫和千萬子，感到無比憤怒。

隔週，我依照計畫住在美惠子家，約了山口在帝國飯店的咖啡廳見面。我拜託他不要讓姊夫知道我們見面一事。

「田邊夫人，好久不見了。」

已經先到的山口站起來向我行禮。他身穿灰色西裝，但沒有繫領帶。

山口身材瘦高，臉上總是帶著微笑，看起來是個溫厚的紳士。不過他也經常觸怒姊夫，被開除後又找回來，這樣的事有過好幾次。

「今天找您出來真是不好意思。」

我對他行了深深一禮。山口一臉惶恐，大幅擺動雙手。

「不不不，田邊夫人找我，是我至高無上的榮幸啊。」

這過於殷勤奉承的說法，我聽了不禁苦笑。

「山口先生，今天我有事想拜託您。不過，這件事希望您不要讓姊夫知道。」

「什麼事？如果是我幫得上忙的，您儘管說。」

山口有些驚訝地探出上半身。我猶豫了半晌遲遲沒開口，但看到山口滿臉擔憂地在等，也就鼓起勇氣說道：

「這些家醜我實在難以啟齒，我想知道姊夫到底給了千萬多少錢。姊夫不想讓松子姊知道，暗地裡算計著，但是我擔心會不會已經累積成龐大的金額。因為千萬子畢竟算我家的媳婦，我對松子姊很過意不去。假如山口先生居中幫過忙，能不能告訴我正確的金額？」

山口為難地交抱著雙手，想了想。

「老實說。我受老師的吩咐，聽命行事，但也很煩惱，這種事再繼續下去，擔心會失了夫人對我的信賴。其實前幾天我才剛送了一張支票給千萬子夫人。」

「金額多少？」

山口不便明言，從桌子底下伸出手指。看到數目我啞然無語。

「這麼多？」

「是。老師說這是為了在京都準備新的工作室。除了保證金之外，千萬子夫人還幫忙處理了許多雜事，所以要我寄支票過去。」

「就只有這些嗎？」

山口掏出懷中的黑皮筆記本，翻著頁面。

「其他還有許多次。有時不是支票，現金寄過好幾次。另外還有直接把稿費給她的。前幾天也把一部分獎金寄過去。」

「獎金？」

「啊！」山口額前浮現汗珠，似乎有些難以啟齒。「是《瘋癲老人日記》贏得的獎金。

老師說，有一半是千萬子的。」

我呆呆聽著。獎金不是應該全都歸妻子松子姊嗎？

「其他物品呢？」

「物品類的東西，沼澤先生的媳婦會從三越或和光百貨挑選，為千萬子夫人送去。」

「這麼奢侈！」

「真是抱歉。」

山口頭低到桌面上道歉。但我只感到不知所措，還有空虛茫然。起初姊夫對於能回應年輕千萬子的任性要求，一定覺得很開心吧。而千萬子也深知姊夫這種癖性，反過來利用，像玩遊戲一樣。不過，現在已經遠遠超過了遊戲的範疇。

「山口先生，我希望您能站在松子姊的立場考慮考慮。」

山口相當惶恐。

「當然，我心裡也一直掛著這件事，我對老師說過：『一直瞞著夫人我很過意不去。』結果老師大發脾氣，『那你不用來了！』惹老師生氣，本來我還很難過，沒想到過半年左右，老師又自己來找我，『山口，這次也拜託你了。』」

跟山口分開後，我在銀座街角站了好一會兒，陷入深思，今後該怎麼辦呢？這些事如果告訴松子姊，她一定會大發雷霆譴責姊夫。這不知會給健康狀況不佳的姊夫帶來多大的負擔。

但放著不管也太危險了。再這樣下去不知道會發展成什麼局面。再怎麼說千萬子都太年輕。她雖然比誰都有天分，跟同年齡女人相比也更聰明，但是要體會松子姊跟我的心情，她還得走很長的一段路。

我下定決心，直接找姊夫談。沒錯，我要以婆婆的立場，對年輕媳婦和姊姊的丈夫這特殊的關係提出異議。不過這還需要等待良機。我決定靜待機會上門。

昭和三十八年，姊夫和千萬子之間來往的信件可以說更加火熱。姊夫彷彿燃燒著他有限的生命，相當熱衷寫信給千萬子。有時阿昌會撿來廢紙，但根本不需要讀這些東西，就可以知道姊夫心中有種被緊迫追趕的焦急。而所有人都知道，那對他窮追不捨的，就是死亡。然而，姊夫所詠的歌，卻散發著妖豔光芒。

藥師如來足下之石　遠不及君足下之襪

9

隔年，由於舉辦東京奧運，全東京的道路都開始重修，老舊建築接二連三被拆毀。另外黑部地方蓋了巨大水壩，又有外系飯店開業，人人都看得出時代正在日新月異地迅速改變。

但相反地，姊夫的體力卻一天比一天衰弱。進入九月，大概是因為氣溫降低的關係，他突然血壓上升。醫生要他靜養。幸好當時剛好來東京的醫院。

不過，姊夫卻依然跟千萬子通信。而且還叫千萬子來飯店，約好兩人獨處。姊夫因為很期待這一天，所以也乖乖聽醫生的指示。

千萬子在鹿谷法然院的新居建築也順利進行著，靜待十一月完工。「媽也務必來跟我們一起住。」千萬子再三邀我，但我實在沒有這個興致，也一直拒絕。

就在姊夫跟千萬子約好在姊夫投宿飯店見面的幾天前，我心想，不能不找他好好談談了。

「姊夫，現在方便嗎？」

我敲了敲房門後打開，姊夫剛好在看書，手揣在懷裡回頭看我。姊夫夫妻跟我住飯店時總是預約連通房，有時女人一個房間、有時姊夫和松子姊一起，看狀況兩個房間來來去去。

「啊，我沒事。」

姊夫那對大眼睛看著我。

「身體感覺怎麼樣？」

「血壓降了不少。今天頭不痛，不過手還是痛得受不了。」

姊夫將手抽出來，讓我看看他疼痛的右手。

「接下來天氣還會更冷，得更小心才行。」

「這我知道。」

姊夫笑著，伸手摸了摸自己稀疏的頭髮。

「這種時候真不好意思，想跟您談談千萬的事。」

聽到千萬子的名字，姊夫緊張地轉向我。

「什麼事？」

我看著姊夫的眼睛，一字一句地清晰說出。

「千萬跟清一結婚，成為田邊家的媳婦。所以身為田邊家的人，我有監督的義務，才想跟您把話說清楚了。大家都知道，最近姊夫跟千萬通信通得很勤。」

「我想也是。」姊夫先是咧嘴笑了一下，又馬上正色，邀我坐下，「來，妳坐吧。」

姊夫剛剛應該在看書，桌面整理得很乾淨，只放著書本跟千萬子編的右手手套。

「謝謝，打擾您工作真過意不去。」

我依言坐在椅子上。

「不要緊。有人要我寫篇書評，只好翻翻那本書，但一點意思也沒有，正在煩惱該怎麼辦呢。跟小重聊聊剛好能換個心情。」

我盯著千萬子編的手套，猶豫著該從何開口。這時姊夫先起了頭。

「妳剛剛說千萬子怎麼了？」

「姊夫，我可以坦白說嗎？」

我凝視著姊夫的眼睛問，他似乎也有所覺悟，無言地點點頭。

「姊夫從前說過喜歡我吧？」

大概是沒料到會聽到這句話，姊夫驚訝地看了我一眼，閉上眼睛，再次把手揣進懷中。

「記得，是戰時的熱海吧。」

「對，姊夫寫《細雪》的時候，對我說的這句話，身為松子的妹妹我很光榮，也很開心。我認為您在告訴我，我是姊姊的附屬品，您最喜歡的是姊姊。」

「不，小重才不是什麼附屬品。」

姊夫舉手想否定，但我打斷他。

「姊夫，我沒那麼笨。這點事實我還是知道的。不過姊夫，現在如果說喜歡千萬，就等於是拋棄了姊姊。再說千萬是清一的媳婦，站在田邊家的立場也絕對不能允許。」

姊夫看到出言尖銳的我大概很吃驚，不禁瞠目結舌。

「我雖然喜歡千萬子，但那跟喜歡妳還有松子是不一樣的。都是因為千萬子對我的工作有幫助。」

姊夫說著牽強的藉口。但是他其實很清楚自己為什麼受到譴責。包括那些說不出口的理由。

「這我也知道。我無意阻擾您的工作，但是姊姊這麼久以來，不是也一直支持著姊夫的工作嗎？您這種說法太不公平了。不管身為妹妹或者身為婆婆，我都不能視而不見。我話說得重，還請您見諒了。」

姊夫似乎不知如何是好，垂下頭來，讓人看了不忍。

「那我該怎麼辦呢？」

「很簡單。」我斷然地說：「再也不要跟千萬有親密的書信往來。姊姊說，如果您繼續寫，她就要跟姊夫分手。」

「分手？」

他大概真的很意外吧，虛弱低喃的姊夫，看上去就是這個年紀的老人該有的樣子。

「對，沒錯。姊姊說，她再也不想照顧一個每天給田邊家媳婦寫信、還出錢讓她蓋房子的老頭子了。」

可能是「老頭子」這幾個字聽來好笑，姊夫臉上浮現了開心的表情，不過也只有短短一瞬間，他又漸漸垂下肩頭，閉上眼睛。

「我到底該怎麼辦才好呢？」

姊夫低語的樣子看來真的很虛弱。

「姊夫，您真的很喜歡千萬吧？」

姊夫只是安靜著，什麼也不回答。沉默就這樣持續。

「那麼我就以您喜歡她為前提來說了。您應該也知道，自己正在踐踏姊姊的感情。我討厭這樣的姊夫，非常討厭。姊姊老後我會照顧她，現在請您說清楚，要千萬子？還是要我們？否則姊姊的自尊心會一落千丈。我再也看不下去了。」

姊夫低著頭好一陣子，然後終於抬起頭這麼說：

「小重，妳真是個可怕的人。」

「哪裡可怕？」

我直盯著姊夫的眼睛。他眼裡除了恐懼，同時也有熟悉的神色——對我的反應感到有趣、好奇的神色。

「把我拉回現實。」

說著姊夫深深嘆了一口氣。

「那好，除了現實，我也說說另一件放在心上的事吧。」

「什麼事？」

姊夫轉動著他的眼珠，看著我。

「千萬寄來那大批信件您打算怎麼辦？姊夫是文豪，將來大概想出版書簡集吧？那些信您打算怎麼處理？這請您務必告訴我。千萬的信一旦公諸於世，姊姊可能會更加痛苦。」

姊夫嘆了一口氣，用小到幾乎要聽不見的聲音回答道：

「我寄回去了。」

「你剛剛說什麼？」

我又問，但姊夫沒有再回答第二次。接著他慢慢離開椅子，突然雙手放在鋪了地毯的地上。大概因為疼痛，右手就地花了一點時間。我內心雖然一陣慌，不過還是抬高了下巴看他。

「非常抱歉。」姊夫雙手就地，低頭對我說：「我確實喜歡千萬子。千萬子不僅能寫，還幫得上我許多忙。但妳跟千萬子絕非同等。只要妳一句話，我再也不會寫信給千萬子。」

「我跟千萬子哪裡不一樣？」

我繼續坐在椅子上，俯視著姊夫。

「妳才是我創作的泉源。因為有妳在，松子才能耀眼，我們夫妻才能感情融洽。沒有人能比妳重要。沒有像妳這樣複雜又精采的女人。」

姊夫跪坐在地，像塊岩石一樣動也不動。

「你說的是真的嗎？」

我又確認了一次，姊夫沒有抬頭，只是深深點頭。

「這不是說謊。」

「但也不是事實？」

「不，這是真實。」

我把穿了足袋的右足放在姊夫左肩上。姊夫一驚，身體動了一下。

「那千萬子你打算怎麼辦？」

我在指尖上使力，姊夫的肩膀硬得像石頭一樣。

「我再也不會見千萬子。後天千萬子來東京，我會回熱海，不再見她。請妳相信我，請妳原諒我。」

我突然察覺有動靜，抬頭一看，連通房的門稍稍打開，松子姊正在偷看著這裡，臉色蒼白。松子姊看了我一眼，表情顯得很困惑。我知道她困惑的理由。我並不是松子姊的附屬品。

之後姊夫再也沒寫信給千萬子。就算寫，也僅限於事務性的聯絡，所以幾乎都由代筆負責。於是，我成功地拆散姊夫跟千萬子。

會不會覺得後悔？不，一點也不。我完成了自己的任務，也確認了自己的存在價值。我在背地被說是松子身後拖的那條金魚糞、嗜酒如命的老太婆，如今終於確認自己在文豪谷崎潤一郎心裡的重要性。

千萬子之後數度來信，想知道為什麼她得承受這種冷漠的回應，但大概是察覺到了什麼，後來千萬子的來信也只有些事務性的聯絡。她是個直覺敏銳的女人，可能也猜到，是我從旁獻計。

跟千萬子斷絕交流之後，姊夫的身體狀況迅速惡化。現世歡愉一斷絕，死亡就舔著舌頭一步一步接近。昭和三十九年初，姊夫心臟頻頻發作，不得不住進心臟血管研究所。如果沒有松子姊在旁悉心照顧，姊夫的身體已經無法過正常的生活。

松子姊完全擁有了姊夫。年底姊夫因為攝護腺肥大導致尿閉症，在除夕當天發高燒。昭和四十年一開年就馬上住院進行導管手術。

儘管如此，姊夫還是擠出最後的力氣，於該年五月在鹿谷法然院千萬子的新家住了將近一個月。他心中應該以為，這是最後的京都，也是最後一次見到千萬子和乃悠璃吧。他看到嵐山的新綠，因為太美而流淚，見到乃悠璃也因為她長大而流淚。跟好久不見的千萬子見面時沒有流淚，可能是顧及我們的眼光。

但最讓姊夫安心的，是他看見法然院中，自己墓地上方枝垂櫻的嫩葉。當時姊夫是不是有讓千萬子來守墓的念頭，就不得而知了。

法然院的墓地有兩塊墓石。姊夫夫妻預計下葬的那塊墓石上刻著「寂」字，我們田邊家的墓石刻著「空」字。「空」字墓石下已經先有昭和二十四年過世的田邊，等著我來。

拜訪京都短短兩個月後，姊夫離開人世。七月二十四日，他慶祝七十九歲生日，虛弱的身體承受不了壽宴大餐帶來的負擔，之後引發腎衰竭，在三十日清晨，心臟停止。

我們等到姊夫過世之後才聯絡千萬子。千萬子接到報社通知才知情，聽說當時剛好要出門。

「媽，姨丈狀況這麼危險，為什麼不早點告訴我呢？」

千萬子一到就上前逼問我，我沒說話。松子姊、我，跟長久以來如此親密生活的姊夫在這段生命尾聲，憑什麼要讓給新來的千萬子？不，哪怕只有一點點我也不願意。

松子姊的嫉妒就是我的嫉妒。松子姊的懊惱就是我的懊惱。而松子姊的小器，就是我的小器。

頭七過後的深夜，從書齋回來的松子姊驚慌地說，姊夫珍惜保存的千萬子來信不見了。

「會不會是千萬來守夜時帶走了？」

松子姊毫不掩飾她的懷疑。辦完一場隆重喪禮，她臉上寫著明顯的疲態。

「就算是千萬也不至於這樣吧？」

我安撫她，沒說出姊夫已經把信送回給千萬這件事。對千萬子不利的事，我想還是別開口。因為我知道，這樣才能避免松子姊陷入更深沉的悲哀。

「千萬那個人很有可能這麼做啊。」

松子姊束手無策地喃喃說道，我輕撫著她日漸消瘦的背。

「不要緊，我會去問清楚的，姊姊妳別擔心。」

「謝謝啊。那我先去睡了。」

松子姊走回寢室，背影看來如此蕭索。

空無一人的起居室，我開了一瓶最愛的白葡萄酒。與我對飲的是已逝的姊夫。出現在我面前的姊夫，是戰前在熱海那時的樣子，大概還五十多吧。跟現在的我年紀沒差多少，很有男子氣概。

「姊夫，一直努力到最後，真是辛苦了。」

我在姊夫杯中也倒了白葡萄酒，敬故人一杯。白葡萄酒放在最新的電冰箱裡，冰涼沁心，喝來相當順口。

「這酒好！」喝了一口，姊夫開心地笑了。

「姊夫，您這一生真是精采。」

聽到我的慰勞，姊夫輕輕點頭一禮。

「是嗎，謝謝啊。小重，仔細想想，其實妳才是最具有文學性的人。」

「什麼意思？」

「再也沒有人像妳一樣，來往於夢境和現實之間，活在我寫的小說裡面。」

姊夫在黑暗中彎著嘴角笑了。

「姊姊呢？」

姊夫笑著，沒有回答。

「那千萬子呢？」

還是沒有回答，我於是乾脆地說：

「到頭來，姊夫最喜歡的還是自己，對吧？」

姊夫只留下爽朗的笑聲，消失在黑暗中。

謝辭

寫作本書時深受渡邊千萬子夫人、高萩撓夫人協助。
關於書中方言，特此感謝田中貴子老師的珍貴建議。
在此致上由衷謝意。

主要參考文獻

《谷崎潤一郎全集》全二十六卷，中央公論新社
《谷崎潤一郎的情書——松子、重子姊妹之書簡集》千葉俊二編，中央公論新社
《谷崎潤一郎＝渡邊千萬子　往復書簡》谷崎潤一郎、渡邊千萬子著，中公文庫
《谷崎潤一郎傳——堂堂人生》小谷野敦著，中央公論新社
《倚松庵之夢》谷崎松子著，中公文庫
《湘竹居追想——潤一郎與《細雪》的世界》谷崎松子著，中公文庫
《落花流水——谷崎潤一郎與祖父關雪之回憶》渡邊千萬子著，岩波書店
《櫻花、鯛魚——祖父谷崎潤一郎之回憶》渡邊撓著，中公文庫
《祖父　谷崎潤一郎》渡邊撓著，中公文庫
《除吾之外——谷崎潤一郎最後的十二年》（上、下），伊吹和子著，講談社文藝文庫
《新撰　京都的魅力　谷崎潤一郎漫遊京都》河野仁昭，渡部巖著，淡交社

國家圖書館出版品預行編目資料

危險／桐野夏生作；詹慕如譯. -- 初版. -- 臺北市：麥田出版：英屬蓋曼群島商家庭傳媒股份有限公司城邦分公司發行, 2021.11
面； 公分. --（日本暢銷小說；100）
譯自：デンジャラス
ISBN 978-626-310-096-1（平裝）

861.57 110013888

日本暢銷小說 100

危險

作者｜桐野夏生
譯者｜詹慕如
封面設計｜高偉哲
主編｜徐凡
責任編輯｜李培瑜

國際版權｜吳玲緯
行銷｜何維民 吳宇軒 陳欣岑 林欣平
業務｜李再星 陳紫晴 陳美燕 葉晉源
總編輯｜巫維珍
編輯總監｜劉麗真
總經理｜陳逸瑛
發行人｜凃玉雲
出版｜麥田出版
10483台北市民生東路二段141號5樓
電話：(02)2500-7696
傳真：(02)2500-1967
部落格：http://ryefield.pixnet.net
發行｜英屬蓋曼群島商家庭傳媒股份有限公司
城邦分公司
地址：10483台北市民生東路二段141號11樓
網址：http://www.cite.com.tw
客服專線：(02)2500-7718｜2500-7719
24小時傳真專線：(02)2500-1990｜2500-1991
服務時間：週一至週五09:30-12:00｜13:30-17:00
劃撥帳號：19863813 戶名：書虫股份有限公司
讀者服務信箱：service@readingclub.com.tw
香港發行所｜城邦（香港）出版集團有限公司
地址：香港灣仔駱克道193號東超商業中心1樓
電話：+852-2508-6231
傳真：+852-2578-9337
馬新發行所｜城邦（馬新）出版集團
【Cite (M) Sdn. Bhd.】
地址：41-3, Jalan Radin Anum, Bandar Baru Sri Petaling, 57000 Kuala Lumpur, Malaysia.
電話：+603-9056-3833
傳真：+603-9057-6622
讀者服務信箱：services@cite.my

印刷｜中原造像股份有限公司
初版｜2021年11月
定價｜350元